『あーっ！、
赤峰先生
抜け駆け
ズルいで
夢中になって
キスをしていると――
琥珀に目撃され、
さっと唇を遠ざける。

イルカの浮き輪をレンタルし、
流れるプールへと運ぶ。
ちゅっ。
『――ッ！』

いきなり琥珀にキスされ、
俺はパニックになってしまう。

「お願いするよ」
俺が頼むと、真白さんが頬を染めてふーふーする。
「はい、あーん」

元カノ先生は、ちょっぴりエッチな家庭訪問できみとの愛を育みたい。2

猫又ぬこ

HJ文庫
955

口絵・本文イラスト　カット

目次

《 序幕　元カノと過ごす日常 》

今日は五月にしては気温が高い。おまけに六時間目は体育だ。一週間の疲《つか》れがピークの金曜日、そのラストに蒸《む》し暑《あつ》い体育館で運動するのは気が滅入《めい》る——と、かつての俺《おれ》ならげんなりしていただろう。

いまは違《ちが》う。

最近はなにをするにも疲れを知らず、学校生活をエンジョイしている。授業が終わり、蒸し蒸しとした教室で着替《きが》えているいまも、ニヤニヤを抑《おさ》えることができずにいる。

なぜなら——

「虹野《にじの》くんって、ほんとに運動神経いいよね！」

「バレー部の部長に引けを取らなかったもんな！」

「虹野くんともっと早く出会えてたら、ぜったい勧誘《かんゆう》したんだけどな」

クラスメイトと仲良くなったから！

前の学校でも、こっちに越《こ》してきてからも、クラスメイトに避《さ》けられていた俺だけど、最近はこうやって親しげに話しかけられることが増えてきた。

できることなら修学旅行の前に仲良くなりたかったけど、体育祭に文化祭と学校行事は残ってるんだ。

高校三年の春にして、やっと俺の青春が始まった気がするぜ！

着替えを済ませてほどなくすると、女子がぞろぞろと戻《もど》ってきた。こないだの席替《せきが》えでとなりの席になった女子が、じぃっと俺の顔を見つめてくる。

ギャルっぽい女子だ。制服を着崩《きくず》し、スカート丈《たけ》は短めで、体育のあとだからかいつも流している金髪《きんぱつ》をポニーテールにまとめている。

「楽しそうな顔してるわね。いいことあったの？」

「さっきまで友達と話してたんだ」

「話してただけでニヤついてるの？」

「俺、最近まで友達いなかったからさ。向こうから声をかけてもらえると嬉《うれ》しいんだよ」

「じゃあ、いまも嬉しいんだ？」

期待するような眼差《まなざ》しに、俺はうなずいてみせる。

「真白《ましろ》さんが話しかけてくれてマジで嬉しいよ」

「そ、そう。堂々と言われると照れるわね……。まあ透真《とうま》くんに友達がいなかったことは知ってたけど、やっぱり意外だわ」

「なにが？」

「透真くんに友達がいなかったことがよ」

「意外でもなんでもないだろ。俺、こんな見た目なんだぞ」

「そりゃはじめて透真くんを見たときは、あたしもちょっと怖《こわ》かったけど……すぐにいいひとだって気づけたわ。本を運ぶの手伝ってくれたし、階段から落ちそうになったときに助けてくれたし、コスモランドでも守ってくれたじゃない」

「コスモランドか……」

あの日のことを思い返すと、いまでも腹が立ってくる。

真白さんがナンパ男に酷《ひど》い言葉を浴びせられたのだ。

「あいつらに言われたこと、まだ気にしてる？」

「もう気にしてないわ。透真くんこそトラウマになったんじゃない？」

「トラウマにはなってないが、できれば二度とあんな思いはしたくないな」

ナンパ男と揉《も》めていたところを教頭先生に目撃《もくげき》され、退学の危機に陥《おちい》ってしまったのだ。

おかげで真白さんたちを守れたし、自分の行動に悔《く》いはないけど……良くて停学、最悪退学になるのだと思うと、泣きたい気持ちになっていた。

だけど結果はお咎《とが》めなし。校長先生に『今後も勉学に励《はげ》みなさい』との言葉をいただき、真白さんたちを守ったことでクラスの人気者になれたのだった。

「はーい、みんなー。席につきなさーい」

担任が来るなりクラスメイトが席につき、ホームルームが終わると次々と教室を去っていく。

せっかく仲良くなれたんだし、できれば一緒《いっしょ》に遊びたい。だけど帰宅部の俺と違って、みんなは部活で忙《いそが》しい。さらに引退後は受験勉強が待っている……。

「今度は暗い顔してるわね。悩《なや》みでもあるわけ？」

「悩みってほどじゃないが……みんなと過ごせる時間があまり残ってないんだと思うと、寂《さび》しくてな」

「そう。勉強するつもりだったけど、寂しいなら遊びに付き合ってあげるわよ」

「いいよ。俺のせいで成績が落ちたらマズいだろ」

「気にしなくていいわよ。ちょっと遊んだくらいじゃあたしの成績は落ちないもの」

「たしかに真白さん、授業で当てられたときも毎回迷わず正解してるよな。俺なんて毎回パニックだってのに」

「ちゃんと予習しないからよ。そんなんじゃ留年しちゃうわよ」

「留年はキツいな……」

せっかくクラスメイトと仲良くなれたんだ。みんなと笑顔《えがお》で卒業したい。

「今年はまじめに勉強するよ。特に数学をな」

「数学が苦手なの？」

「意外か？」

「意外ではないわ。数学が得意そうな顔には見えないもの」

「数学が得意そうな顔ってどんなだよ」

「あたしみたいな顔よ」

「数学が得意そうな顔には見えないが……真白さん、数学が得意なんだな」

「ええ。正しくは『数学も』得意だけどね。テスト勉強で困ったときは頼《たよ》りにしてくれていいわよ」

「ありがと。そのときは頼らせてもらうよ」

「そうしなさい。——で、けっきょく遊ぶの？　遊ばないの？」

「じゃあ遊ぼうかな」

「ほんとに遊ぶのね」

真白さんが意外そうに言った。もしかして——

「冗談《じょうだん》だったのか？」

「ううん。冗談ってわけじゃないけど、断られると思ったのよ。だってほら……あたしのお父さん、怖いじゃない？」

事実、真白さんのお父さん——校長先生はマジで怖い。

ヤクザみたいな強面《こわもて》で、体格もがっしりしている。校長室には模造刀があり、以前娘《むすめ》に言い寄った教師に刀身を見せつけたという曰《いわ》く付きだ。

真白さんとふたりきりで遊んだことが知られれば、校長室に呼び出されるかもしれない、けど——

「真白さんと遊ぶよ。放課後に友達と遊ぶのって、青春って感じがするしな」

「決まりね。どこ行く？」

「駅前のカラオケ店でどうだ？」

「いいわね。思いきり歌ってストレス発散してやるわ」

「ストレスって……悩みでもあるのか？」

「お父さんが口うるさいのよ。いつものことだから気にしなくていいわ」

それより早く行きましょ、と明るい声で促《うなが》され、俺は教室をあとにしたのだった。

◆

その日の夜。

数学の宿題に苦戦していると、インターホンが響《ひび》いた。小走りに玄関《げんかん》へ向かい、ドアを開けると——

「ごめんね、遅《おそ》くなっちゃった」

小柄《こがら》な女性が佇《たたず》んでいた。

ふわっとした茶髪《ちゃぱつ》を肩《かた》まで伸《の》ばした、巨乳の美女——白沢《しらさわ》琥珀《こはく》だ。

琥珀との出会いは中一の春。琥珀をいじめから助けたのがきっかけだ。

琥珀は俺を怖がるどころか感謝して、おまけに腹を空《す》かせた俺のために手料理をご馳走《ちそう》してくれた。

その日から琥珀とはたびたび食事をする仲になり、交際を経て、中三の春に破局した。

その後は一切連絡《いっさいれんらく》がなかったが……先月、運命的な再会を果たした。

俺が通う高校に、なんと新任教師として赴任《ふにん》してきたのだ。

生徒と教師という関係なので表立って交流することはできないが——同じマンションで部屋が隣同士《となりどうし》ということもあり、放課後になると会いに来てくれるのだった。

「いっぱい買ってきたから、たくさん食べてね」

にこやかな笑《え》みを浮《う》かべ、手に持ったスーパーの袋《ふくろ》を掲《かか》げて見せてくる。

買い物袋は肉と野菜でパンパンだ。ひとまず買い物袋を預かると、ずっしりとした重さだった。

「ずいぶん買いこんだな」

「安売りしてたの。美味《おい》しい料理を作るから、楽しみにしててね」

「毎日ありがとな」

「いいっていいって。透真くんに料理作るの好きだもん」

「そう言ってもらえると嬉しいよ。俺も琥珀の手料理好きだから。でも無理はするなよな。仕事で疲れてるだろ?」

「疲れてるからこそ料理するんだよ。透真くんが美味しそうに食べてる姿を見ると元気になるもん」

「ありがとな。俺も琥珀の手料理を食べると元気になるぜ!」

琥珀の手料理、マジで美味《うま》いからな。

はじめて食べたときの衝撃《しょうげき》はいまでも忘れられない。あまりの美味さに『この手料理を毎日食べられるひとは世界一の幸せ者だ』ってプロポーズまがいのことを口にしてしまう

ほどだった。

「いっぱい食べて元気になってね！」

「おう！」

「この子のために、わたしもいっぱい食べるから！」

「この子って誰《だれ》⁉」

「わたしたちの赤ちゃんだよ」

「俺たちに赤ちゃんはいないぜ⁉」

「いずれできるから、大食いの予行練習をしておきたいの」

「赤ちゃんのためにも栄養を摂《と》るのは大事だが、いくらなんでも気が早すぎるだろ……」

「いっぱい食べたら太っちゃうけど……わたしのこと、嫌《きら》いにならないでくれる？」

「もちろん嫌いにはならないが。太ってようと痩《や》せてようと、琥珀が健康ならそれが一番だし。ただ……琥珀と復縁《ふくえん》することになるかどうかは、まだわからないんだが……」

俺にはふたりの元カノがいる。

白沢琥珀。

赤峰朱里《あかみねあかり》。

優柔不断《ゆうじゅうふだん》で申し訳ないが、俺はいまだにふたりのことが同じくらい好きだ。

卒業までにどっちと復縁するか決めないといけないが、このままだと決められないまま卒業式を迎《むか》えてしまう。

そんな事態を避けるため、二股《ふたまた》作戦を実行中だ。

男女が付き合う理由は『好き』で『一緒にいると楽しい』から――ふたりと同時に付き合うことで、どっちと付き合ったほうが楽しいかがはっきりすると考えたのである。

「わたしと復縁するに決まってるよ。だってわたしたち運命の赤い糸で結ばれてるもん。そうじゃなかったら学校で再会したりしないよ」

「朱里とも再会したわけだが……」

「だとしても透真くんが最後に選ぶのはわたしだよ。だって……透真くん、わたしとキスするの好きだよね？」

琥珀がじぃっと見つめてくる。

なにを言わんとしているのか察した俺は、琥珀の華奢《きゃしゃ》な肩に手を置き、口づけをした。

唇《くちびる》同士を触《ふ》れ合わせるだけのキスをすると、琥珀が甘《あま》えるような声で言う。

「これも好きだけど……違うのがいい」

「違うの？」

「……えっちなキスがしたい」

恥《は》ずかしそうにおねだりされ、俺は琥珀を抱《だ》き寄せた。

ぐにぐにと巨乳が押《お》しつけられるなか、柔《やわ》らかな唇にキスをして、そっと舌を入れる。舌と舌とが触れ合うと、琥珀はぴくっと震《ふる》えた。

恥じらう元カノを強く抱きしめ、舌と舌とを絡《から》ませる。すると気分が乗ってきたのか、琥珀は色っぽい吐《と》息《いき》を漏《も》らしつつ、肉厚な舌を動かしてきた。

時間を忘れて濃厚《のうこう》なキスを続け……そっと唇を遠ざけると、琥珀がとろけるような声で言う。

「透真くん、キス上手だね……」

「毎日キスしてるから上達したんだろ」

「これからも毎日わたしとキスしようね」

琥珀は『わたしと』を強調すると、ところで、と話題を変える。

「今日、真白ちゃんと遊んだ?」

「ど、どうしてわかったんだ?」

「透真くんの服から、真白ちゃんの匂《にお》いがするもん」

家庭科教師の嗅覚《きゅうかく》、すごいな。

「一緒にカラオケに行ったんだが……マズかったか?」

俺と真白さんはただの友達だし、浮気《うわき》になるようなことはしてないけど、元カレが妹と仲良くするのは琥珀としては複雑なのかも。

「ううん。真白ちゃんと仲良くしてくれて嬉しいよ。だっていずれ透真くんの義理の妹になるんだもん」

琥珀は『義理の妹』を強調するとキッチンへ向かい、料理を始める。

「手伝おうか？」

「透真くんはのんびりしてていいよ」

「ありがと。じゃあ宿題してるから、なにかあったら呼んでくれ」

「うん。宿題頑張《がんば》ってね！」

琥珀に笑顔で見送られ、自室へ戻ろうとしたところ――

ピーンポーン、とインターホンが鳴る。

「ご両親……じゃないよね？」

「ふたりとも海外にいるし、急には帰ってこないよ。きっと朱里だろ」

「今日も来たんだね……」

「いつもみたいに朱里のぶんも作ってくれるか？」

「うん。ひとりだけ食事抜《ぬ》きなのはかわいそうだもんね」

「ありがとな。朱里も喜ぶよ」

再びインターホンが鳴り、小走りに玄関へ。

ドアを開けると、気難しそうな女性が佇んでいた。

さらさらした黒髪《くろかみ》を腰《こし》まで伸ばした、長身で巨乳の美女である。

俺の姿を一目見るなり、凛々《りり》しい顔をふにゃっと緩《ゆる》め、ぎゅうっとハグしてきた。甘い体臭《たいしゅう》に混じり、ほのかに薬品の香《かお》りがする。

「会いたかったわ、透真……」

俺の元カノ――赤峰朱里だ。

朱里とは中三のときに遠い親戚《しんせき》の葬儀《そうぎ》で出会った。それまでは存在すらも知らなかった親戚だが、朱里とはその日を境にたびたび遊ぶ仲になり、いつしか相思相愛になり、恋人《こいびと》関係になったのだ。

けっきょく高二の春に破局したが……一ヶ月前に運命的な出会いを果たし、交流が再開した。

琥珀と同じく教師なので表立っての交流は控《ひか》えているが、お隣《となり》さんということもあり、放課後はこうして会いに来てくれるのだった。

「透真に会えなくて寂しかったわ……」

「昨日の夜に会ったばかりだろ」

「学校では会えなかったもの……」

「保健室に行く用事はないからな。寂しい思いをさせて悪かったよ」

「いいのよ。透真に会えないのは寂しいけど、保健室に来ないに越したことはないもの」

抱擁《ほうよう》を解き、ところで、と続ける。

「白沢先生はもう来てるのよね？」

「よくわかったな」

「透真の服に女の匂いが染《し》みついているもの。いつ来たの？」

「ついさっきだ。いまは夕食作りの真っ最中でさ、朱里のぶんも用意してくれてるぞ」

「そう……」

「……嬉しくないのか？」

「嬉しいわ。白沢先生の料理、美味しいもの。だけど美味しすぎるから……食べるたびに自信をなくすわ」

朱里は筋金入りの料理音痴《おんち》だ。家事全般《ぜんぱん》が苦手で、琥珀とは正反対と言える。

「琥珀と比べて落ちこむのはやめようぜ。琥珀には琥珀の、朱里には朱里の良さがあるんだから。そもそも俺は朱里の笑顔に惚《ほ》れたんだ。料理の腕前《うでまえ》とか気にしなくていいよ」

「嬉しいわ……。私も透真と笑顔の絶えない家庭を築きたいわ！」

ちょっと話が噛《か》み合ってないけど、笑顔になってくれたので良しとしよう。

「んじゃ上がってくれ」

「その前に……キスしてくれないかしら？」

「ここで？」

「リビングに行けば白沢先生に邪魔《じゃま》されそうだもの。……だめかしら？」

「いや、いいよ」

朱里は嬉しそうに笑みを浮かべ、ぎゅっとハグしてきた。朱里の腰に手をまわし、唇を挟《はさ》むようにキスをする。

ちゅ、ちゅ、と唇をついばみ、柔らかな唇の感触《かんしょく》を堪能《たんのう》すると、ゆっくり舌を忍《しの》ばせて、朱里の舌を搦《から》め捕《と》る。自分からおねだりしたのに恥ずかしいのか、最初はされるがままになっていた朱里だったが……

「んんっ、く、くすぐったいわ」

「嫌《いや》だったか？」

「ううん。いっぱい触《さわ》ってほしいわ……」

キスしながらお尻《しり》を撫《な》でると、乗り気になってくれた。俺の首に手をまわし、艶《つや》っぽい吐息を漏らしながら夢中になってキスをしていると――

「あーっ！　赤峰先生、抜け駆《が》けはズルいです！」

琥珀に目撃され、さっと唇を遠ざける。

キスを邪魔され、朱里はご立腹だ。顔を赤らめたまま、むっと眉《まゆ》をつり上げる。

「私が来る前にキスをするほうがズルいのでは？」

「ふたりきりのときにキスをするのはズルくないです。わたしが料理してる隙《すき》にこっそりキスするのがズルいんです！」

「でしたら今日は私と透真が料理します。白沢先生は料理ができるまでご自宅でゆっくりしていてください」

「その隙に透真くんとキスするつもりですね？　わたしは騙《だま》されませんよ！」

「いえ、純粋《じゅんすい》に気遣《きづか》っているだけです。白沢先生にばかり料理を任せるのは申し訳ないと常々思ってましたから」

「そうだったんですね……。赤峰先生を疑ってしまい、申し訳ありません」

「お気になさらないでください。勘違《かんちが》いは誰にでも起こりうることですので。私は同僚《どうりょう》として、心から白沢先生を気遣っているのです。お力になりたいと思っているのです」

「赤峰先生……。ではお言葉に甘えて、ひとつお手伝いを頼《たの》んでもいいでしょうか？」

「なにをすれば？」

「豚肉《ぶたにく》を買いに行ってください」

「抜け駆けする気ですね？　私は騙されませんよ」

「そんな、騙すつもりなんて……。わたしは純粋に赤峰先生の体調を気遣ってるんです。ビタミンB1が豊富な豚肉を食べて、元気になってほしいだけなんです……」

「昨日冷蔵庫を確認《かくにん》した際に、数日分の豚肉をこの目で見ましたが」

「それだけでは足りないんです。わたしのお腹《なか》には透真くんの赤ちゃんがいますから……。この子のためにも、いっぱい食べて栄養をつけないといけないんです」

「私のお腹にも透真の赤ちゃんがいますが？」

「わたしは双子《ふたご》ですが？　赤峰先生に比べて、愛の結晶《けっしょう》が二倍ですが？」

「ちなみに私は三つ子です」

「あ、すみません。四つ子の勘違いでした」

「こちらこそすみません。私は五つ子の勘違いでした」

「ふたりとも勘違いしてるから！　お腹に赤ちゃんいないから！」

子宝オークションを中断させ、三人で料理することに。

とはいえ、俺も朱里も料理は苦手だ。メインの仕事は琥珀に任せ、俺たちは野菜を切る係になった。

朱里が怪我《けが》しないように注意しつつ料理を進め、豚《ぶた》しゃぶサラダと茄子《なす》のピリ辛和《からあ》えが完成。テーブルに運び、三人でいただく。

まずはピリ辛和えを一口。

うん、美味いっ。ほどよい辛さでご飯が進むぜ！

「どう？　美味しい？」

「かなり美味いよ。茄子はあんまり好きじゃなかったけど、琥珀の手料理ならいくらでも食えるな」

「ありがとっ。おかわりもあるからね」

「ところで透真、最近学校はどうかしら？」

「めっちゃ楽しいよ。みんな怖がらずに話しかけてくれるからな」

「よかったわね。透真、昔から怖がられるのを気にしていたものね。一緒に笑顔の練習をした日々が懐《なつ》かしいわ」

「わたしとも練習しましたけどね。透真くんをくすぐって、お返しに身体中《からだじゅう》くすぐられて、えっちなムードになって、えっちなことしちゃいましたけどね」

「私は笑顔を褒《ほ》められましたけどね。可愛《かわい》いよって耳元でささやかれて、キスをされて、えっちなことをしましたけどね」

「とにかくふたりの『おめでとう！』って気持ちは伝わったぜ！　ありがとな！」

口論になる前に割って入ると、ふたりは「どういたしまして」と笑顔になった。

それから学校の話題を中心に盛り上がりつつ食事を進め、小一時間ほどで食べ終える。

「ごちそうさま。美味しかったよ」

「美味しい食事をありがとうございます」

「どういたしまして。片づけはわたしたちがしておきますから、赤峰先生はお家に帰ってくださって構いませんよ」

「いえ、いつも作っていただいてますから、今日は私が片づけをします」

「いえいえ、お気になさらず。片づけまでが料理ですから」

「わかりました。では後片づけは白沢先生にお任せするとして……私と透真は浴室を掃除《そうじ》しますね」

「だめです」

「なぜですか？」

「えっちなことをする光景が目に浮かぶからです」

「えっちなことはしません」

「本当ですか？」

「本当です。未来の我《わ》が子に誓《ちか》います」

「……その子、透真くんの子じゃないですよね？」

「透真の子ですが、なにか問題でも？」

「問題大ありです！　透真くんの子どもはわたしが産むんですから。いっぱい愛しあって、バレーチームを作れるくらい赤ちゃん産むんですから！」

「ちなみに私は野球チームを作れるくらい産みます」

「でしたら、わたしはサッカーチームを作ります！」

「では私はアメフトチームを作ります」

「……アメフトチームって何人ですか？」

「一一人です」

「サッカーチームと同じじゃないですかっ。透真くんはサッカー派ですから、わたしとの結婚《けっこん》で決まりですね」

「透真はアメフト映画が好きです。デートで一緒に見ましたし、そのあとえっちなことをしました。透真の『アメフトチーム作れるくらい赤ちゃん作ろうな』というメッセージにほかなりません」

「ほかなります！」

「ふたりとも落ち着こうぜ。俺も片づけするし、そもそも風呂《ふろ》掃除《そうじ》は済ませてるしさ」

「私と入浴するために掃除してくれたのね……」

「わたしとお風呂に入るために掃除してくれたんだよね？」

「どっちでもないって。朱里とも琥珀とも入浴はしないから」

俺の言葉にふたりはがっくりする。

それから期待するような眼差しで、

「お風呂には入れないけど……明日は休みだから、今日は一緒に寝《ね》てくれるんだよね？」

「私も透真と添《そ》い寝したいわ……」

「ああ。今日はふたりと寝るよ。まだ宿題終わってないから、二二時過ぎに来てくれ」

そのとたん、ふたりは満面の笑みになる。

「可愛いパジャマ買ったから、楽しみにしててねっ！」

「琥珀のパジャマ姿、見るのが楽しみだよ」

「私もえっちな下着を買ったから見せてあげるわ」

「下着で寝ないでください！」

「今日は暑いので下着で寝たい気分なんです」

「夜は冷えるって天気予報で言ってました！」

「私は暑がりですから」

「でしたらわたしも暑がりになります！　下着で寝ます！」

「マネをしないでください」

「頼むから落ち着いてくれ……」

またしても口論を始めたふたりをどうにか落ち着け、パジャマで寝ると約束させると、片づけを済ませて解散したのだった。

《 第一幕　金髪の家庭教師 》

五月下旬《げじゅん》。

中間試験まで残り一週間を切り、俺は焦《あせ》り始めていた。

今日までサボっていたわけじゃない。むしろ毎日苦手な数学だけを勉強した。その結果、勉強すればするほどわからないことが増えてきたのだ。

わからないことがわかっただけでも一歩前進だと前向きに考えてみたものの、現実問題としてこのままではテストがヤバい。赤点祭りになってしまう。

そこで数学は後回しにすることに決め、最近は暗記系を中心に勉強している。こちらはわりと順調だ。俺は元々暗記系が得意だから。

しかし暗記は順調ではあるものの、ふとした瞬間脳裏《しゅんかんのうり》に『数学』の二文字がちらつき、集中力を欠いてしまう。

そんな俺を気遣ってか、琥珀《こはく》と朱里《あかり》は我が家《や》に来るのを控えるようになった。

昨日うちに来た際に、ふたりは『透真《とうま》が勉強に集中できるよう試験が終わるまでは抜け駆《が》けしない』と約束したのだ。

そんなわけで珍《めずら》しく静かな夜を過ごせているのだが……静かすぎて逆に落ち着かない。

そりゃ目の前で揉められると勉強どころじゃなくなるけど、ふたりと安心して過ごせるのはこの時間帯だけなんだ。

気分転換《てんかん》にもなるし、遊びに来てくれてもいいのだが――

「っと、いかんいかん」

考えごとしてる場合じゃない。

集中しないと真白《ましろ》さんの言う通り、留年することになってしまう。

クラスメイトと笑って卒業するためにも、俺の卒業を待っている元カノたちのためにも、まじめに勉強しなければ！

頬《ほお》を叩《たた》いて活を入れ、勉強に集中する。

宿題を済ませ、試験範囲《はんい》の英単語を数回反復してから確認テストを行い、間違《まちが》っていた単語を書き写す。教科書を広げ、試験範囲のテキストを読み、テストに出そうな英熟語を書き写して暗記する。一度にすべてを覚えることはできないが、毎日繰《く》り返せば試験までには脳に焼きつくはずである。

「ふぅ……休憩《きゅうけい》するか」

壁掛《かべか》け時計に目をやると、もう二一時過ぎ。風呂に入ってさっぱりしよう。

「……ん？」

ふとスマホを見ると、ライトが点滅《てんめつ》していた。

マナーモードにしていて気づかなかったが、メッセージが届いているようだ。

【これからうちに来ない？】

琥珀からのメッセージだった。受信時刻は……一五分前か。二一時に俺を呼ぶって……なにをするつもりだ？

【抜け駆けすると朱里と揉めることになるぞ】

メッセージを送信して、ついでにマナーモードを解除。するとすぐさま電子音が鳴る。返信早いな。

【抜け駆けじゃないよ。家庭科教師として透真くんをサポートしたいの】

【サポート？】

【夜食を作りたいの。うちで食べれば気分転換にもなると思うよ！】

なるほど、そういうことか。小腹が空いてたし、ありがたい申し出だな。せっかくだしご馳走になるとするか。

【ありがとな。何時頃《ごろ》に行けばいい？】

【三〇分後くらいでどう？】

【わかった。なら二二時に行くよ】

了解《りょうかい》、とスタンプが送られてくる。それから風呂に入ると、ジャージに着替《きが》えて琥珀の家へ。

五〇三号室のインターホンを鳴らすと、スリッパのパタパタ音が聞こえてきた。そしてドアが開き、琥珀が出てくる。

「いらっしゃ～い」

すでに入浴は済ませたようだ。可愛らしい七分丈《しちぶだけ》パジャマに身を包んでいる。

思わず大きく膨《ふく》らんだ胸元《むなもと》に目が吸い寄せられそうになるが……琥珀は勉強をサポートするために家に招いてくれたんだ。いつもならキスをしながら胸を揉む流れだが、今回は我慢《がまん》しないとな。

「上がって上がって」

「お邪魔します」

家に上がり、そのままリビングへ通される。

隅々《すみずみ》まで掃除が行き届いた、清潔感のある空間だ。間取りは同じだけど家具は違《ちが》うって、なんだか不思議な感じがするな。

「そろそろできるから、もうちょっと待っててね」

「ありがとな。お言葉に甘えさせてもらうよ」

椅子《いす》に腰かけ、キッチンに立つ琥珀を眺《なが》めることしばし。お待たせ～、と声を弾《はず》ませ、夜食を運んできてくれた。

卵とじうどんだ。ほかほかと立ちのぼる湯気とともに、かつおだしの香りが漂《ただよ》ってくる。

「もう夜遅《よるおそ》いから消化にいいものを作ったんだけど……お肉のほうがよかった？」

「いや、ちょうどどうどんの気分だったよ。さっそく食べていいか？」

「うんっ。食べて食べてっ！」

琥珀が向かいの席からにこにこと見守るなか、熱々のうどんをすする。

タマゴでとろみのついただしが麺《めん》に絡み、かつおの風味が口いっぱいに広がる。夜食に相応《ふさわ》しい、優《やさ》しくてさっぱりとした味わいだ。

身体の芯《しん》から温まり、なんだか力が漲《みなぎ》ってきた。

「美味しい？」

「めっちゃ美味しい！　マジでありがとな！」

「透真くんの力になれてよかったよ。勉強はどう？　順調に進んでる？」

「いまのところはな」

「すごいっ。透真くん賢《かしこ》いね！」

「賢くはないよ。最近は得意科目の勉強しかしてないからな」

「得意科目を伸ばすのは作戦として悪くないよ」

「そりゃまあ得意科目を伸ばせばトータルの点数は上がるが、このままだと数学は赤点になっちまうからな……」

赤点↓即《そく》留年ということはない。追試があるし、それが不合格でも宿題の提出率や授業態度を加味して評価してくれる。

だとしても赤点を取らないに越《こ》したことはない。

「透真くん、昔から数学が苦手だもんね……。中学生のとき、証明の問題で『よって証明できる』だけ書いて怒《おこ》られたんだっけ？」

「答えはあってるのにな」

「証明問題は過程が大事だから……わたしが家庭教師になれればいいんだけど、高校生の数学はもう忘れちゃったし……。役に立てなくてごめんね」

「琥珀が気にすることないって！　勉強できないのは俺《おれ》の責任なんだからさ。だいたい、琥珀はこうして俺をサポートしてくれてるだろ。ほんと感謝してるぜ！」

「こんなのでよければ毎日作るよっ」

「嬉《うれ》しいけど、負担にならないか？」

「ちっとも。透真くんとふたりきりで過ごせるんだもん。わたし、すっごく幸せだよ」

「ありがとな。これからも夜食を頼むよ」

「うんっ！　美味しい夜食を作ってあげるね。ほら、冷めちゃう前に食べて食べて」

ズルズルとうどんをすする俺を、琥珀が幸せそうに眺めてくる。いつもの賑《にぎ》やかな食事とは違う、とても穏《おだ》やかな時間だ。こうしてまったり過ごしていると、琥珀と付き合っていた頃のことを思い出すな……。

父さんと母さんは仕事人間で放任主義、たまに作ってくれる飯はお世辞にも美味いとは言いがたく、会話が弾むこともなかった。

給食はけっこう美味かったけど、楽しい時間とは言いがたかった。学校では浮いていて、楽しそうに飯を食うみんなを羨《うらや》ましく思っていた。

俺にとって食事の時間は苦痛でしかなかったのだ。

だからこそ、琥珀との出会いは衝撃的《しょうげきてき》だった。できたての美味しい料理を食べながら、心優《こころやさ》しい女性とおしゃべりする——

琥珀と食事をしていると本当に癒《いや》されたし、一緒《いっしょ》にいると心から幸せだと思えた。

幸せを味わい続けたぶん、破局したときは地獄《じごく》を見たが……こうして食事をしていると、当時の幸せだった気持ちが蘇《よみがえ》ってくる。

「ごちそうさま」

「おかわりいる？」

「いや、いいよ。食べすぎると眠《ねむ》くなるし」

「そろそろ眠くなっても仕方ない時間だけど……何時頃まで勉強するの？」

「日付が変わるまでは頑張ろうと思ってるぜ」

「そう。頑張るのは立派だけど、身体を壊《こわ》さないようにね」

「琥珀の料理を食べたんだ。身体が壊れるどころか元気が漲ってくるぜ！　んじゃ片づけ手伝ったら家に帰るよ」

「ううん。片づけはわたしがするから、透真くんは勉強に戻《もど》っていいよ」

「ありがとな。じゃあまた明日」

「うんっ。また明日っ！」

琥珀に玄関まで見送られ、俺は五〇二号室に引き返す。

応援《おうえん》してくれた琥珀のためにも良い点数を取らないとな！

やる気を新たに勉強を始め、日本史のテスト範囲を三周する。これで流れはばっちりだ。

いつどこで誰がなにをしたのか記憶した。あとは難しい漢字を間違えないように練習するだけでいい。

それに関しては毎日コツコツ反復するとして……そろそろ日付が変わるし、疲《つか》れたし、今日はこれくらいにしとこうかな。

そうと決め、歯を磨《みが》こうと席を立ったところ、電子音が響いた。スマホを見ると、朱里からのメッセージが届いていた。

【まだ起きてる？】

【ちょうど勉強を終えたところだ】

【だったらこれからうちに来ない？】

【いまから？】

こんな時間になにをする気だ？　できることと言えば添い寝くらいだけど……それだと抜け駆けになってしまう。

【抜け駆けしたら琥珀と揉《も》めることになるぞ】

【抜け駆けじゃないわ。養護教諭《きょうゆ》として透真の疲れを落としたいの】

マッサージをするのかな？

だったらありがたい。朱里はマッサージが上手だし、ちょうど肩が凝《こ》ってるし。

琥珀が俺の心を癒してくれたように、朱里は俺の身体を癒そうとしてくれているのだ。

琥珀のあれが抜け駆けじゃないなら、朱里のマッサージも抜け駆けとは言えない。

【ありがと！　何時頃に行けばいい？】

【いますぐ来てくれて構わないわ】

【わかった。いまから行くよ】

メッセージを送り、家を出る。そして五〇一号室のインターホンを鳴らすと、ジャージ姿の朱里が顔を出す。

「いらっしゃい。入ってちょうだい」

「お邪魔しま……」

うげっ！　また散らかってるじゃねえか！

こないだ大掃除《おおそうじ》したばかりなのに……。

「見ての通り、最近は綺麗《きれい》にしているわ」

なぜこれで得意気な顔ができる？

「朱里。世間一般的《いっぱんてき》にこれは『散らかってる』と言うんだ」

「でも足の踏《ふ》み場《ば》は残ってるわ」

「それは当然のことなんだが……まあでも、前回と違ってごちゃごちゃはしてないな」

前回は通販《つうはん》の空き箱が積み重ねられ、空《あ》き缶《かん》にペットボトルにゴミ袋《ぶくろ》が散乱していたが、今回目につくのは空き箱ばかり。リビングを覗《のぞ》いても、ゴミは散らかっていなかった。

まあ、出し忘れたのか空き缶やペットボトル入りのゴミ袋は溜《た》まってるけど。それでも散らかしっぱなしの前回に比べるとめざましい進歩だ。

「燃えないゴミは明日だから、忘れないようにな」

「次こそ忘れないようにするわ。……ちゃんと捨てることができたら、頭を撫でてくれるかしら？」

「朱里は本当に甘えん坊《ぼう》だな」

「五つも年上なのに甘えん坊でごめんなさい……」

「いいって。甘えん坊なところが可愛いんだから」

「透真……」

朱里は幸せそうに、とろんとした瞳《ひとみ》で俺を見つめる。

いつもならキスしつつお尻を撫でる流れだが、今日はマッサージしてもらいに来たんだ。キスはもちろん、エロいことは一切《いっさい》なしだ。

「マッサージはどこでするんだ？」

「寝室《しんしつ》でするわ」

空き箱を蹴飛《けと》ばさないように廊下《ろうか》を進み、寝室にたどりつく。ドアを開けると、寝室は綺麗に片付いていた。

「成長したな……」

「透真が来るから急いで片づけたのよ。綺麗な部屋で過ごさないと、リラックスできないもの」

「俺のためにありがとな。さっそくマッサージしてくれるか？」

「ええ、そこに寝てちょうだい」

ベッドにうつ伏《ぶ》せになると、朱里の匂いが漂ってきた。朱里にハグされているようで、正直興奮してしまう。

と、朱里が腰に跨《また》がってきた。パツパツなお尻の感触が伝わり、さらに興奮してしまう。どきどきしていると、肩胛骨《けんこうこつ》の付け根をグリグリと押してきた。肩《かた》から背中、腰にかけて絶妙《ぜつみょう》な力加減で指圧マッサージをしてくれる。

めっちゃ気持ちいい……。

「痛いところはないかしら？」

「最高だよ……」

「よかったわ。こうしていると昔を思い出すわね」

「だな……。当時が懐かしいよ……」

付き合っていた頃から朱里はひとり暮らしをしていて、部屋は散らかり放題だった。朱里の家に遊びに行くついでに部屋を片づけ、そのお礼にマッサージをしてもらうのがお決まりのパターンだったのだ。

「今度は仰向《あおむ》けになってちょうだい」

そう言って朱里が腰を浮《う》かした。ごろんと寝返《ねがえ》りを打ち、仰向けになると、お腹の下に跨がってくる。

「お腹、苦しくないかしら？」

「苦しくないが……」

……この体勢でどんなマッサージをするんだ？　不思議に思っていると――ジジー、とジャージのファスナーを下ろした。

おっぱいが出てきた。

「ブラジャーは⁉」

「生乳よりブラ付きのほうが興奮するのね」

「性癖《せいへき》の話はしてないが⁉　なんで服を脱《ぬ》ぐんだよ！」

「透真におっぱいを見せたいからよ」

「なぜそんなことを⁉」

「こうしていると昔を思い出すわね」

「いま思い出さないでくれる⁉　エロいことしに来たんじゃないからっ！　マッサージが目的で俺を呼んだんだろ⁉」

「ちょっと違うわ。正しくは『透真の疲れを落とすため』よ」

たしかに『マッサージをする』とは書いてなかったけども！

「服を脱ぐのはマズいだろ。抜け駆けになっちまうぞ。未来の我が子に誓ったんだろ？　抜け駆けはしないって」

「ええ、誓ったわ。だから当然、抜け駆けはしないわ。私はただ透真におっぱいを揉んでほしいだけよ」

「どストレートに抜け駆けじゃねえか！」

「違うわ。おっぱいにはリラックス効果があると言われているの。きっと赤ちゃんだった頃に母親の胸に抱《だ》かれて寝ていた記憶が刷りこまれているのよ」

そんな昔の記憶はないが、胸を揉むと落ち着くのは確かだ。琥珀や朱里と付き合っていた頃の記憶を思い返すに、リラックス効果には同意せざるを得ない。

まあ、あれは正確に言うとリラックスしているわけじゃなく、おっぱいの魅力《みりょく》で悩《なや》みが全部吹《ふ》き飛んでしまっていただけなのだが。

とはいえ、いまの俺にはちょうどいい療法《りょうほう》なのかも。

いまのままだと苦手科目に追いかけまわされる悪夢を見てしまいそうだし。

「どうする？　おっぱい揉む？」

「揉ませてもらうよ」

「嬉しいわ。……んっ」

重量感のある乳房《ちぶさ》にそっと手を添えると、朱里がぴくっと震《ふる》えた。手に収まりきらないほどの巨乳を揉み、柔《やわ》らかくハリのある感触を堪能していると、しだいに汗《あせ》ばんでくる。

てのひら全体で揉むと、しっとりと汗ばんだことで吸いつくような肌触《はだざわ》りになっていた。硬《かた》くなった突起物《とっきぶつ》に触《ふ》れるたびに可愛い吐息《といき》が漏《も》れている。

いつもならキスをねだってきそうなのに、朱里はなにも言ってこない。俺をリラックスさせるため、唇《くちびる》を噛んで声が出るのを我慢している。

一〇分ほど極上《ごくじょう》の感触を味わったところで、名残惜《なごりお》しく思いつつも手を離す。

「ど、どう？　リラックスできたかしら……？」

「おかげでリラックスできたよ」

「よかったわ……」

朱里は嬉しそうに頬を緩ませ、ファスナーを上げた。おねだりするような甘《あま》え声で、

「明日も来てくれるかしら？」

「明日もいいのか？」

「ええ。寝る前に透真と過ごせたら、私も安眠《あんみん》できるもの」

「わかった。じゃあ明日も頼むよ」

この時間なら琥珀とダブルブッキングする心配もないしな。

そうして朱里に見送られ、俺は五〇二号室へと引き返す。おっぱいを揉んで目が冴《さ》えたので三〇分だけ英単語帳と睨《にら》めっこして、今日の勉強を切り上げる。

「ふぅ。今日はかなり捗《はかど》ったな」

がっつり勉強したのに琥珀と朱里のおかげで疲れはない。

家庭訪問ならぬ、逆家庭訪問ってところか。これならふたりが揉めることもなく、落ち着いた時間を過ごすことができる。

と、そのときは思っていたのだが——……


三日後。

「白沢《しらさわ》先生、抜《ぬ》け駆けしましたね？」

「いいえ、抜け駆けではありません」

その日の夜、五〇三号室の前で琥珀と朱里が揉めていた。

昨日と同じく夜食に誘《さそ》われ、琥珀の家に入ろうとしたところを、コンビニ帰りの朱里に目撃《もくげき》されたのだ。

「ではなぜ透真を部屋に連れこもうとしているのですか？　私に隠《かく》れて卑猥《ひわい》なことをするつもりでは？」

「違います。夜食を作るだけです」

「『赤ちゃんを作る』の隠語《いんご》ですね？」

「そのままの意味です！　生徒の食生活をサポートするのは家庭科教師の仕事ですから」

「夜食を名目に透真を誘い、キスをしているのでは？」

「してません。だよね、透真くん？」

「ああ。夜食をご馳走《ちそう》になってるだけで、琥珀とはキスしてないよ」

「夜食を食べたらすぐに帰っているの？」

「初日はな。昨日と一昨日《おととい》は一時間だけ勉強したよ。たまには環境《かんきょう》を変えたほうが勉強に集中できると思って」

「だったら今日からは私の家で勉強するといいわ。私の家は散らかっているから、環境を変えるにはもってこいよ」

「それだと勉強になりません！　部屋が散らかってると気が散りますから！」

「では寝室で勉強させます。寝室は片付いてますし、透真も居心地《いごこち》が良さそうにしてますから」

「透真くんを寝室に連れこんでたんですか⁉　それこそ抜け駆けですよ！」

「抜け駆けではありません。マッサージをして、胸を揉ませていただけです」

「思いきり抜け駆けじゃないですか！」

「あくまでリラックスさせるのが目的です。キスはしていません」

「でしたら今日から透真くんにはわたしの胸を揉んでもらいます！」

「いいえ、透真には私の胸を揉んでもらいます」

バチバチと火花を散らすふたり。

ワンフロアにつき三部屋で本当によかった。これで五〇四号室まであったら、何事かと思われていたところだ。

「ふたりとも落ち着いてくれ。今日のところは昨日と同じように過ごすからさ」

俺の言葉に、琥珀と朱里がきょとんとする。

「……今日のところは？」

「明日からはどうするのかしら？」

「明日からは夜食もマッサージも我慢するよ」

逆家庭訪問なら俺は落ち着いた時間を過ごせるが、残されたひとりは『えっちなことをしているんじゃないか』と不安な気持ちになってしまう。

ただでさえ無事に復縁《ふくえん》できるのかと不安にさせているんだ。これ以上ふたりを不安にはさせられない。

「透真くんがそう言うなら……」

「試験が終わるまで我慢するわ……」

残念そうにしつつも、ふたりは納得《なっとく》してくれたのだった。

◆

そして翌日の昼休み。

俺は図書室を訪《おとず》れていた。

教室で勉強するとクラスメイトに気を遣《つか》わせてしまうため、静かな場所で過ごすことにしたのだ。

読書の邪魔《じゃま》にならないよう隅《すみ》っこの席に座《すわ》り、テーブルに勉強道具を並べる。

授業中に配られた、数学の宿題プリントだ。早めに宿題を終わらせれば、今日から試験開始の月曜日までテスト勉強に集中できる。

よしっ！　やるぞ！

ペンを握《にぎ》りしめ、さっそく宿題に取りかかる。

こざこざとした問題がずらりと並ぶ『大問1』はそれほど苦戦せずに解けた。続いて『大問2』——こちらはたった一問だが、長々と書かれた問題文を読んだだけで難易度が想像できてしまった。

思った通り、どうやって解けばいいのか見当もつかない。

救いを求めて教科書をめくったが、どの公式を使えばいいのかわからない。

いきなり詰《つ》んだ……。

「もう宿題してるの？　偉《えら》いわね」

真白さんがとなりに座り、声をかけてきた。本を借りに来たようで、テーブルに数冊の料理本を置き、プリントを覗きこんでくる。

「さっさと終わらせないと試験勉強できなくなるからな。まあ詰んだわけだが」

「ふーん。でも…………いまのところ全問正解みたいよ」

「マジで？　……ん？　全問正解かどうかがわかるってことは、いまの一瞬《いっしゅん》で解けたってことか？」

「一瞬ってほどじゃないわよ」

「俺にとっては一瞬だよ。真白さん、天才だな」

俺とは頭の作りが違いすぎる。ここが図書室じゃなければ大声で称賛《しょうさん》していただろう。

「天才って……オーバーね。こんな問題、さくっと解けて当たり前じゃない」

「そ、そうなのか……？　俺って、実は俺が思ってる以上にバカなのか……？」

「う、うそうそ。冗談《じょうだん》よ冗談。照れくさくて謙遜《けんそん》しただけよ。『さくっと解ける』は言い過ぎたわ。あたしはすぐに解けたけど、普通《ふつう》は五分くらいかかるんじゃない？」

あせあせとフォローする真白さん。

俺は全問解くのに一〇分はかかったが……五分差なら問題ないか。大事なのはスピードより正確性だしな。

「ありがと。少し気が楽になったよ。ちなみになんだが、この問題って解き方わかる？」

「ああ、それ？　公式を使えばすぐに解けるわよ」

「俺もそこまではたどりついたんだが、どの公式を使えばいいかまではわからなくてな。ていうか公式、多すぎるだろ……」

ぱらぱらと教科書をめくりながら愚痴《ぐち》る。

「そこには載《の》ってないわよ。これ高二で習う問題だもの」

「な、なんで高二の問題を出すんだ……？」

「『みんな試験勉強でいま習ってる範囲はばっちりだろうから宿題に高一と高二の問題を交ぜておく』って先生言ってたじゃない」

「板書に集中してて聞いてなかった……」

「だめよ、ちゃんと先生の話を聞かないと。板書もいいけど、話だって大事なんだから。たまに『ここ試験に出すぞ』とか言う先生いるけど、それは聞いたの？」

「日本史と英語は聞いたが、ほかにも言ってる先生いるのか……？」

「古典と数学でも『この問題は必ず出す』って言ってたわよ」

「マジで？　数学でも？　ど、どの問題だ？」

「同じ問題がそのまま出るんじゃなく、似たような問題が出るだけよ」

「それでもヒントとしては充分《じゅうぶん》すぎるよ」

数学の目標点数は、赤点回避《かいひ》の四〇点だ。一問正解するだけで、留年の可能性はぐっと低くなる。

「ノートにメモってるから、あとで見せてあげるわ」

「ありがとっ。マジで感謝するよ……」

「いいわよ、拝まなくても……。助けあうのが友達じゃない」

助けあうのが友達――。なんて素晴《すば》らしい響《ひび》きなんだ！

「俺も真白さんの助けになれるよう頑張《がんば》るよ」

「頑張らなくても、透真くんはすでに何度もあたしを助けてくれたわ。だから……そうね。お礼に勉強を教えてあげてもいいわよ」

「い、いいのか？」

「ええ。でも図書室だとみんなの迷惑《めいわく》になっちゃうし……明日は暇《ひま》？」

「土曜と日曜は一日中勉強する予定だ」

「だったら土日は勉強に付き合ってあげるわ」

「いいのかっ？　いや、でも……嬉しいけど、それだと真白さんの勉強時間がなくなるんじゃないか？」

「あたしのことなら気にしないで。ひとに教えるのも勉強のうちだもの」

「真白さん……」

なんて優しいんだ。後光が差して見えるぜ！

真白神と呼びたいくらいだ。

「だから拝むのをやめてちょうだい。恥《は》ずかしいじゃない……」

「ごめんごめん。とにかく教えてくれるなら助かるよ。勉強はどこでする？　ファミレスとか？」

「うーん。ファミレスだとお店のひとの迷惑になっちゃうかもしれないわね。もちろん、あたしの家はなしよ。お父さんに見つかったら鬱陶《うっとう》しさに拍車《はくしゃ》がかかるもの」

校長先生、琥珀と真白さんを溺愛《できあい》してるからなぁ。

真白さんに俺との関係を問い詰め、そのあとは俺の番だ。

校長室に呼び出され、刀身をちらつかせられ、真白さんとの関係を問い詰められるだろう。

一緒に勉強するだけとはいえ、俺と真白さんが親しくしているのは事実だ。付き合っているのかと問い詰められれば、真白さんとの関係もぎくしゃくしてしまうかも。

せっかくできた友達なんだ。ぎくしゃくせず、仲の良い友達として過ごしたい。

そのためにも校長にぜったいバレない場所で勉強しなければ。

「だったら俺の家とかどう？」

「透真くんの？」

「ああ。そこなら誰《だれ》の迷惑にもならないし、白沢先生の家に行くって言えば言い訳も立つだろ。もちろん俺の家が無理ならべつの場所を考えるが――」

「ううん、嫌《いや》じゃないわ。ちょっと照れくさいっていうか……正直、男子の家は抵抗《ていこう》あるけどね。しかも透真くんの家、ご両親留守にしてるんでしょ？」

「海外にいるけど、べつに下心とかないぞ。純粋《じゅんすい》に勉強を教えてほしいだけだ。信用できないなら家に入る前に俺の手を縛《しば》ってくれてもいいぞ」

真白さんがあきれたように苦笑《くしょう》する。

「それだと勉強できないじゃない……。心配しなくても、透真くんに変なことされるとか思ってないわ。そんな酷《ひど》いことするひとが、身をていしてあたしを守ってくれるわけないもの」

「ありがと。信頼《しんらい》してもらえて嬉しいよ」

「どういたしまして。で、何時頃に行けばいいの？」

「真白さんの都合のいい時間で構わないけど……昼からでどうだ？」

「いいわよ。じゃあお昼ご飯を済ませて、一三時頃に行くわね」

「了解。……でさ、もしよかったら残りの問題の解き方も教えてくれないか？」

「仕方ないわね。迷惑にならないように小声で話すから、聞き逃《のが》さないようにするのよ」

真白さんは俺に身を寄せ……肩と肩とが触れ合うとほんの少しだけ離《はな》れ、解き方を解説してくれたのだった。

そして翌日、土曜日の昼過ぎ。

インターホンが鳴ったのでドアを開けると、真白さんが通学カバンを手に立っていた。私服かと思いきや、制服姿だ。

「学校に寄ってきたのか？」

「月曜までお姉ちゃんの家に泊《と》まるから制服で来たのよ。あとでジャージに着替えるわ」

「ジャージに？」

「ええ。家にいるときはジャージで勉強してるから、そっちのほうが落ち着くのよ。……男子の家でジャージ姿になるのって変かしら？」

「変じゃないよ。着たい服を着るのが一番だし、大前提として真白さんってジャージ姿が似合うしさ」

「それって体育のときよね？　透真くん、あたしのこと見てたの？」

「わ、悪い。気持ち悪かったか？」

まじまじ見ているわけじゃなく、真白さんは目立つのでつい目に入ってしまうだけなのだが……真白さんにしてみれば、覗き見されているようで気持ち悪いのかも。

「そうじゃなくて、運動神経悪いから見られるのは恥ずかしいのよ。透真くんはいいわね、体育得意で。しょっちゅう活躍《かつやく》してるじゃない」

「運動神経は俺の唯一《ゆいいつ》の取り柄《え》だからな。てか、よく活躍に気づけたな」

「べ、べつにまじまじ見てるわけじゃないわよ？　透真くんが活躍したら女子が『すごい、また虹野《にじの》くんだよ』みたいに言うのよ。……透真くん女子に人気あるし、透真くんに勉強教えてあげたいって女子はほかにもいるでしょうね」

「それはそれで嬉しいけど、勉強は真白さんに教わりたいよ」

「そ、そう？　だったら遠慮《えんりょ》なく指導してあげるわ！」

「ああ。俺に数学のイロハを叩《たた》きこんでくれ！　そんでもって赤点を回避させてくれ！」

「任せなさい！　……で、もう入っていいのかしら？」

「もちろんだ」

玄関《げんかん》での立ち話を終え、真白さんをリビングに案内する。

すると真白さんが部屋をきょろきょろ見まわした。

……なにが気になるんだ？　朱里と琥珀に『真白さんが来るから注意してくれ』と連絡《れんらく》するのはもちろん、ふたりのスリッパやエプロンを隠し、さらに消臭《しょうしゅう》スプレーを念入りにまいておいたのだが……

「ど、どうかしたのか？」

「べつにどうもしてないわ。ただ、お姉ちゃん家と間取りが一緒だなーと思っただけよ」

「そ、そっか。まあ、お隣《となり》さんだしな。全部屋同じ間取りだし、トイレの場所も同じだぞ——だと思うぞ！」

危ない危ない。琥珀の家に行ったことがあるような口ぶりになるところだった。

真白さんに琥珀との関係が知られても校長に告げ口するとは思えないけど、真白さんは琥珀の元カレを恨《うら》んでるんだ。友情を保つためにも知られるわけにはいかない。

ともあれ無事に怪《あや》しまれずに済んだことだし、ボロが出る前に勉強を始めよう。

真白さんが脱衣所《だついじょ》へ行き、ジャージに着替えて戻ってきたところで、勉強道具を広げる。

教えてもらいやすいように隣《とな》り合わせに腰《こし》かけて、

「わからないところがあれば遠慮なく訊《き》いてちょうだい」

「頼《たよ》りにしてるよ」

かくして試験勉強の幕が開いた。

俺は数学で、真白さんは英語だ。単語帳をめくる真白さんに、わからない問題があればすぐに質問。すると真白さんはわかりやすく解説してくれる。

「これで解けそう？」

「解けそうな気がするよ！　真白さん、マジで教えるの上手だな。先生に向いてるんじゃゃないか？」

「これでも一応、教育学部志望よ」

「どうりで上手だと思ったよ。じゃあ将来は数学教師になるんだな？」

「ううん。小学校の教師になりたいわ。子ども好きだし、お母さんも小学校教師だもの。お母さんやお姉ちゃんみたいな生徒に慕《した》われる先生になるのがあたしの夢よ」

「真白さんならなれるよ！　大学だって余裕《よゆう》で合格だろうしな！」

「そんなことないわよ。地元の大学に行きたいんだけど、模試ではB判定だったもの」

「地元の大学……あそこか。かなり難しいって聞くよな。うちの高校からだと毎年片手で数えられるくらいしか合格しないって」

「そうなのよ。どうしてもそこじゃないといけない理由はないんだけど、お母さんの出身大学だから通いたいの。現役《げんえき》合格するためにも、夏までにはA判定になりたいわね」

「真白さんならぜったい合格できるよ！」

「ありがと。透真くんは進路どうするか決めてるの？」

「俺は高校を出たら働くよ。理想は公務員だな」

「進学しないの？」

「そのつもり。親にはとりあえず大学は出とけって言われてるけど、特に学びたい分野はないしな」

高校を卒業して、就職して、元カノと復縁して、稼《かせ》げるようになり、早めに結婚《けっこん》したい。同い年ならもうちょっと待ってもらうけど、ふたりとも五つも年上だし。

ただでさえ一年も待たせるんだ。復縁したら焦《じ》らすようなことはしたくない。

「公務員かー……。透真くん、警察官とか向いてそうね。コスモランドでは迫力《はくりょく》たっぷりだったもの」

「あのときはマジで腹が立ったからな。でも理想を言えば怖《こわ》がられるんじゃなくて、町のひとに慕われる警察官になりたいよ」

「透真くんならなれるわよ」

「ありがとな！　ま、どんな仕事に就《つ》くにしろ、まずは卒業できるよう勉強しないといけないんだが……この問題の解き方ってわかる？」

「わかるけど、ちょっと休憩《きゅうけい》しない？　実はクッキー作ってきたんだけど……」

「わざわざ作ってくれたのか？」

「糖分を摂《と》ったほうが勉強が捗ると思って。……食べたい？」

「もちろん！　脳が糖分を欲《ほっ》してるぜ！」

よかった、と安堵《あんど》の笑《え》みを浮かべ、真白さんがカバンからプラスチックの密閉容器を出した。

チョコチップクッキーだ。ごつごつとした形で、手作り感満載《まんさい》である。

「めっちゃ美味そう！　ほんとにもらっていいのか？」

「もちろんよ」

真白さんが緊張《きんちょう》の面持《おもも》ちで見守るなか、クッキーを頬張《ほおば》る。焼きすぎたのか、けっこう硬い。ざくざくとした歯ごたえとともに強烈《きょうれつ》な甘味《あまみ》が口いっぱいに広がった。

「ど、どうかしら？」

「癖《くせ》になる食感だな！　マジで美味《うま》いよ！」

「そ、そう。よかった……。全部食べていいからね？」

「嬉しいけど、真白さんは食べないのか？」

「正直、しばらく甘い物は見たくないわ。味見のしすぎで口に甘味が残ってるもの」

「いっぱい味見をしたにしては大量にあるんだが……」

「なかなか上手にできなくて、何回も作りなおしたのよ」

「そっか。どうりで……」

「ど、どうりでなに？　あたし、太ってる？」

真白さんは味見のしすぎで太ったかどうかが心配みたいだ。

「違《ちが》う違う。どうりで美味いと思ったんだ。真白さんは太ってないし、太っても可愛《かわい》いと思うよ」

「……透真くん、ぽっちゃり系が好きなの？」

「ぽっちゃり系が好きというか、太るかどうかは体質にもよるだろ？　痩《や》せて可愛い娘《こ》もいるけど、無理して痩せるよりは健康的な体形を保ってもらったほうが可愛く見えるよ」

真白さんが口元に微笑《びしょう》を浮かべる。

「優《やさ》しい意見ね。お姉ちゃんが聞いたら喜びそうだわ。太りやすい体質で悩んでた時期があるから」

「そ、そうなんだな！」

「ある時期を境に悩まなくなったけどね。きっと恋人《こいびと》に毎日『可愛いね』って褒《ほ》められたのよ。なのに喜ばせるだけ喜ばせておいて、お姉ちゃんを捨てるなんて……もし目の前にいたら八《や》つ裂《ざ》きにしてやりたいわ」

目の前にいるとは口が裂けても言えない！

正しくは俺《おれ》が振《ふ》られた側なんだけど、真白さんは、当時幸せそうにしていた琥珀が自分から別れ話を切り出すとは夢にも思わないのだろう。実際、俺も振られるとは夢にも思わなかったし。

まあ、琥珀が別れ話を持ち出したのは俺のため——俺が貴重な青春時代を遠距離《えんきょり》恋愛《れんあい》に費やさないように気を遣ってくれただけなのだが。

なんにしろ、真白さんの口から姉の元カレの話を聞くのは心臓によくない！

「白沢先生の話もいいけど、いまは真白さんの話を聞きたいな！」

「あたしの？　……やっぱり透真くんって変わってるわね」

「な、なんで？」

「普通はあたしの話より、お姉ちゃんの話を聞きたがるもの」

ああ、そういうことね。

「白沢先生が男子にモテモテなのは知ってるけど、俺は白沢先生と仲良くなるために真白さんを利用してるわけじゃないからな。真白さんと一緒《いっしょ》にいると楽しいから、真白さんと一緒にいるだけなんだ」

「……ほんと？　あたしと一緒にいると楽しいの？」

「楽しいよ」

「だったら……今度一緒にプールに行かない？」

「プールに？」

突然《とつぜん》の誘いに聞き返す。すると真白さんは慌《あわ》てた様子で、

「べ、べつにデートの誘いをしてるわけじゃないわよ？　ただ健康のために運動したいの。それにあたし運動音痴《おんち》だから体育の成績がいつも悪くて、水泳の授業に備えて特訓したいのよ。だ、だめかしら？」

「いいよ。俺泳ぐの好きだし」

「ほんとっ？　ありがと！」

「どういたしまして。プールって市民プールでいいよな？」

「うーん。市民プールもいいけど、せっかくだからウォーターランドに行きたいわ」

「ウォーターランドってレジャープールだろ？　練習には向かないと思うが……」

「そうだけど……まずは遊んで、水に慣れるところから始めたいの。それに市民プールはお父さんの行動範囲《はんい》だし――」

「よし！　ウォーターランドに行こう！」

真白さんとプールで遊んでいる姿を見られたら家庭訪問されそうだしな！　ウォーターランドはちょっと遠いけど、安全第一だ。

「決まりねっ！　いつにする？」

「試験終わりならいつでもいいよ」

「じゃあ来週の土曜日がいいわっ！　楽しみにしてるわね！」

真白さんは嬉《うれ》しそうだ。

赤点を取れば追試でプールどころじゃなくなるし、頑張って勉強しないとな！

決意を新たにした俺は、クッキーを食べながら苦手な数学に挑《いど》み続け――

「そろそろご飯にしない？」

気づけば夕方になっていた。ご飯というワードを聞いて急に腹が減り、張り詰めていた集中力が霧散《むさん》する。

腹が減ってはなんとやら。飯にしたいところだけど……

「もうちょっとだけ勉強に付き合ってくれないか？」

「いいけど、あと一五分しか付き合えないわよ。一九時からお姉ちゃんの家でご飯食べることになってるもの。透真くんも食べるわよね？」

「えっ、俺も⁉　白沢先生は嫌がるんじゃ……」

「お姉ちゃんに頼《たの》んだら快諾《かいだく》してくれたわよ」

なぜ快諾する⁉　ボロが出たらどうするんだ……！

「……迷惑だったかしら？」

「い、いや迷惑じゃないよ！　ありがたくいただくよ！」

ボロが出そうで心配だけど、琥珀の手料理を食えるのは嬉しいしな。

朱里にバレたら抜け駆《が》けだと騒《さわ》ぎかねないが……今回は真白さんの提案だし、おまけに生徒と教師として会うんだ。理解を示してくれるだろう。

「でさ、もしよかったらなんだけど……ご飯を食べたあと、もうちょっとだけ勉強に付き合ってくれないか？」

「最初からそのつもりよ」

「そ、そうなのか⁉」

「今日はお姉ちゃんの家に泊まるって話したじゃない。今日は二三時頃《ごろ》まで付き合うし、明日は一〇時頃から付き合うわ」

「マジで⁉　そこまで付き合ってくれんの⁉　ありがと！　ほんと助かるよ！」

二日も付き合ってくれるなら赤点は回避できるはず。安心したら腹が鳴り、真白さんが「ちょっと早いけど、もう行っていいか確認《かくにん》してみるわね」とスマホを取り出す。

そして、不愉快《ふゆかい》そうに顔をしかめた。

「どうかしたのか？」

「お父さんからメッセージが届いてるのよ。『本当に琥珀の家にいるのか』ってね」

鬱陶しそうに既読《きどく》スルーする真白さん。

「白沢先生とは口裏を合わせてるんだよな？」

「当然よ。お父さんのことだから、お姉ちゃんにも確認するに決まってるもの」

「電話されたら真白さんの不在がバレるんじゃないか？」

「問題ないわ。『声を聞かせろ』って言われたら『勉強に集中してるから無理』って返すようにお願いしてるもの」

そう語る真白さんは非常に鬱陶しそうにしている。校長先生の束縛《そくばく》を心底嫌がっているようだ。

放任主義の親を持つ俺としては、親に心配してもらえるのは羨《うらや》ましくもあるのだが……隣の芝生《しばふ》は青く見えるって言うしな。

真白さんはスマホをぽちぽちすると、一転して笑みを浮かべる。

「もう来ていいそうよ」

「んじゃ行くか」

さっそく五〇三号室へ向かう。

インターホンを鳴らすと、琥珀はすぐに顔を出した。

「いらっしゃ～い。虹野くんもいらっしゃい」

「ど、どうもです。お邪魔します……」

通い慣れてる感を出すと怪しまれそうなので、ちょっと緊張している感を出しつつ家に上がる。

そのままリビングに入ると、香《こう》ばしい匂《にお》いが漂《ただよ》ってきた。もう料理はできているようだ。

この香《かお》り……俺の好物のあれでは？

「すぐに用意するから座って待ってて」

「手伝いますよ」

「いいよいいよ。虹野くんはお客様なんだから。真白ちゃん、飲み物用意してくれる？」

「はーい」

ふたりはてきぱきと動き、すぐに料理が運ばれてくる。

細切れ牛肉とタマネギをふんだんに使ったハヤシライスだ。

「美味《おい》しそうですね！」

「お姉ちゃんのハヤシライスは絶品よ。お店で食べるより美味しいんだから」

「ふたりともハヤシライスが大好物だもんねっ！　いっぱい作ったからたくさんおかわりしてね！」

「はい！　ありがとうございます！」

「……『ふたりとも』？」

やべ！　ボロが出た！

琥珀も気づいたのか、しまった、という顔をする。

「お姉ちゃん、どうして透真くんの好物だって知ってるの？」

「そ、それはね、ええと……そうっ！　虹野くんがハヤシライス好きそうな顔してるからだよ！」

「ハヤシライス好きそうな顔……？」

「う、うん。家庭科教師にはわかるの！」

だめだ！　言い訳として弱すぎる！　俺がなんとかしないと！

疲《つか》れ切った脳みそをフル稼働《かどう》させ、ナイスな言い訳を思いつく。

「きっとあれだよ！　こないだスーパーでハヤシライスのルーを買ってたところを先生に見られたから、それで覚えてくれてたんだよ！」

「それだけで好物だってわかるの？」

「わかるさ！　なにせ俺、大人買いしてたからな！」

「びっくりするくらい買いこんでたから、これは好物に違いないって思ったんだよ！」

「透真くんって自炊《じすい》するのね」

「たまにだけどな！　料理の腕前《うでまえ》は全然で、同じハヤシライスでも俺のとは違う食べ物に見えるよ！　お腹《なか》も空いたしさっそく食べていいですか⁉」

「うんいいよ！　温かいうちに食べちゃって！」

口早にまくし立てる俺と琥珀。

ど、どうだろ？　誤魔化《ごまか》せたかな……？

「いただきまーす」

よしっ！　無事に誤魔化せたようだ。真白さんに続いていただきますをすると、ハヤシライスをもぐもぐ食べる。ただでさえ美味いうえに空腹という最高のスパイスも相まって、あっという間に平らげた。おかわりをいただき、さらに半分ほど食べたところで、琥珀がたずねてくる。

「ふたりとも勉強は捗った？」

「はい。真白さんの教え方が上手で、今日一日でかなり賢《かしこ》くなりました」

「賢くなれたのは透真くんが頑張ったからよ」

「いやいや、真白さんのおかげだよ。本当にありがとな。いつか必ずお礼をするから」

「お礼なんていいわよ。助けあうのが友達なんだし、あたしだって次は教わる側になるんだから」

「虹野くんも勉強を教えるの？」

「ああいえ、教えるのは水泳です」

「来週の土曜、透真くんとウォーターランドに行くことにしたのよ」

「そ、そっかー。真白ちゃん、虹野くんとウォーターランドに行くんだー。いいなぁ～、わたしも行きたいなぁ～……」

そんなガチっぽく羨ましがらないでくれ！　怪しまれちゃうだろ！

「お姉ちゃん、プールに行きたいの？　水泳嫌《きら》いじゃなかったっけ？」

ほら怪しまれてる！

琥珀が水泳嫌いなことは俺も知ってた。運動が苦手で、そのうえ当時は太っていたから、水泳に良い思い出がないらしい。

楽しく泳げば水泳嫌いを克服《こくふく》できると考えたが……人前で水着姿を晒《さら》すのは恥ずかしいようで、けっきょく琥珀と泳ぎには行けなかった。

まあ俺だけに水着姿を見せるのは平気だったようで、自宅デートのとき恥ずかしそうにしながらもビキニ姿を見せてもらったことならあるが。あのときの琥珀、可愛かったなぁ……。

って、思い出に浸《ひた》ってる場合じゃないわな！

「きっと教師として苦手をそのままにはしたくないんだと思うぞ！　ですよね先生？」

「そ、その通りだよ！　わたし先生だから！　苦手なことがないほうが発言にも説得力が出ると思って！」

「家庭科教師なんだし水泳苦手でもいいと思うけど……興味あるなら一緒に行く？」

「いいのっ？　真白ちゃん、虹野くんとふたりきりがよかったんじゃ……？」

「そ、そんなことないわよ！　あたしはただ純粋に水泳の練習がしたかっただけだし！　それに……透真くんがいてくれたら、お姉ちゃんも安心して泳げるでしょ？　お姉ちゃん可愛いし、ひとりで行けばぜったいナンパされちゃうから……」

ナンパというワードを聞き、琥珀が顔を曇《くも》らせる。

「そういうことなら、一緒には行けないよ。もしナンパされちゃったら、また虹野くんに迷惑かけちゃうもん」

「迷惑だなんて思いませんよ、俺は。そもそも白沢先生がついてこようがこまいが、真白さんが一緒なわけですから。どのみちナンパ男が寄ってこないように目を光らせることになりますよ」

「あたしはナンパされないわよ。こないだだって――」

「こないだの奴《やつ》らは見る目がなかっただけだ。真白さんは本当に可愛いよ」

「あ、ありがと……」

真白さんはうつむき、ぼそっと言う。

俺が逆の立場なら、照れくさくて同じ反応をしたと思う。

だけど、照れくさい思いをさせて悪いけど、これだけははっきりさせなきゃならない。

はっきり可愛いって言わないと、真白さんが落ちこんだままになってしまうから。

「と、とにかく、透真くんもこう言ってくれてることだし、お姉ちゃんも来なよ」

「で、でも……わたしが一緒だと練習の邪魔になるんじゃない？」

「ならないわよ。お姉ちゃんと一緒にいると楽しいし、いつか一緒にプールに行きたいと思ってたもの」

それが決め手になったようだ。妹のことが大好きな琥珀は、嬉しそうに「お姉ちゃんもプールに行く！」と声を弾《はず》ませた。

ふたりにとって良い思い出になるように、威圧感《いあつかん》をマックスにしてナンパ予備軍を追い払《はら》わないとな。

《第二幕　ビキニ姉妹》

その日の正午前。

俺はショッピングモールを訪《おとず》れていた。

中間試験は月曜から金曜の五日に分けて行われ、今日がその最終日。二科目だけだったので一一時には終了《しゅうりょう》した。真白《ましろ》さんを昼飯に誘《さそ》ったところ、買い物したいと言われたので、ショッピングモールに来たのである。

「飯食ってから買い物する？」

「うーん。そこまでお腹空いてないし、先に買い物したいわ。透真《とうま》くんは？」

「俺もそんなに空いてないかな」

「休み時間にクッキー一箱も食べてたものね」

「脳に糖分を送ろうと思ってな。あとほら、真白さんに数学を教わったとき、クッキーを食べたから。当時のシチュエーションを再現することで記憶《きおく》が蘇《よみがえ》ると思ったんだ。思った通りだったぜ」

「そう。あえて聞かなかったけど……思った通りってことは、今日の試験は上々ってことよね？」

今日のテストは生物と数学——最も苦手とする数学は、最終日の最後の時間に行われた。まさにラスボスだ。

最後の最後に苦手科目が控《ひか》えているため常に不安がつきまとったが、裏を返せば最後の最後まで気を抜《ぬ》くことなく試験に取り組むことができた。

結果は——

「めっちゃ自信あるぜ！　数学も、それ以外の教科もな！」

「そうっ。よかったわね！」

「ありがとな！　真白さんのおかげだよ！」

手応《てごた》えはばっちりだ。四〇点は確実に取れている。俺の予想だと六五点くらいだろう。いつも赤点ぎりぎりなので、飛躍的《ひやくてき》な進歩と言える。

それもこれも真白神のおかげだ。

「だ、だから拝まなくていいってば」

「感謝の気持ちを隠《かく》せないんだ。今日は昼飯奢《おご》らせてくれ」

「自分で払うわよ。それより明日のプールは行けそうなの？」

「もちろんだ。あとで水着を買うよ」

水着なら持っているが、水泳の授業で使う用だ。市民プールならともかく、ウォーターランドでブーメラン水着は恥ずかしい。レジャープールなのだからレジャー仕様の水着のほうが相応《ふさわ》しかろう。

「だったら目的は一緒ね」

「真白さんも水着を？　スク水はないのか？」

「持ってるわよ。三年目なのにサイズがばっちりのやつをね」

ちょっとだけ憂鬱《ゆううつ》そうにため息を漏《も》らす真白さん。

胸部の発育がよろしくないのを気にしている様子。姉の琥珀《こはく》が巨乳なのでいずれ膨《ふく》らみそうだけど、セクハラになりそうなのでフォローは控えておくことに。

「それでいいんじゃないか？」

「嫌よ。せっかくだからビキニが欲《ほ》しいわ」

ビキニだと練習しづらそうだが……今回は水に慣れるのが目的だしな。ガチめの練習をしない限りはビキニでも問題ないか。

俺たちはエスカレーターに乗り、二階の水着売り場へ向かう。まだ五月下旬《げじゅん》だが、暑い日が続いているからか水着コーナーは充実《じゅうじつ》していた。

「んじゃ、買うもの買ったらそこのベンチに集合しようぜ」

「え？　別行動なの？」

真白さんに戸惑《とまど》われる。そりゃふたりで来たんだから一緒に買い物するのが普通《ふつう》だろうけど、今回の目当ては水着だ。

男が一緒だと買いづらいかなと思ったんだが……真白さんはそういうの恥ずかしくないタイプなのかな？　それとも……

「ナンパされないか心配なのか？」

「いまはナンパの心配はしてないわ。せっかくだから透真くんに水着を選んでもらおうと思ってたのよ」

「俺が真白さんの水着を……？」

「水泳が得意な透真くんなら、泳ぎやすそうな水着を選んでくれると思って」

「たしかに水着の知識はそれなりにあるが……」

朱里《あかり》と付き合っていた頃、一緒に水着を選んだからな。あのときは専門店だった。健全ビキニから際どいビキニまで多岐《たき》に亘《わた》り、じっくり時間をかけて朱里に似合いそうなのを選んだっけ。

密《ひそ》かにマイクロビキニを着てほしいと思いつつも、人前でエロい格好をさせるわけにはいかないので、健全なビキニを買ったなぁ。

……まあ、巨乳の朱里には小さかったのか、マイクロビキニっぽくなったけど。

「あたしの水着、選んでくれる？」

「いいよ。真白さんがそうしてほしいなら、真剣《しんけん》に選んでみるよ」

「ありがと。ついでにお姉ちゃんの水着もお願いするわね」

「白沢《しらさわ》先生の水着を⁉」

なぜ俺に選ばせる⁉　まさか俺が元カレだって気づいてるのか⁉　俺が琥珀にビキニをプレゼントして、自宅デートの際に着てもらい、キスしながらイチャついたことを知っているのか⁉

「呼吸が荒《あら》いわね。だいじょうぶ……？」

「あ、ああ、平気だよ。ちょっと緊張して……先生の水着を選ぶって、責任重大だしさ」

ど、どうなんだろ？　真白さんは元カレを恨んでいるわけで……俺を心配してくれてるってことは、気づいてないってことだよな？

「と、ところで、どうして俺に選ばせるんだ？」

「水着を買う暇《ひま》がないらしいのよ。透真くんにお願いして日時をズラしてもらおうかって訊《き》いたら、そこまでしなくていいって言われたの」

「だとすると、普通は真白さんに頼みそうなものなんだが……」

「最初はあたしが頼まれたわ。お姉ちゃんにどんな水着がいいか訊いたら、なんでもいいって言われたの。なんでもいいは困るって言ったら、だったら透真くんに選んでもらってって返されたのよ」

「なぜ俺が⁉」

なんて戸惑ってみせたけど、理由はわかる。俺の好みの水着を着たいだけだろう。

だけどさ、琥珀。これじゃ真白さんに怪しまれちまうぜ……。

「お姉ちゃんいわく、『水泳得意な虹野《にじの》くんなら最高の水着を選んでくれる』だそうよ。あたしもだけど、学校以外のプールに行ったことないから、どんな水着を選べばいいのかわからないのよ」

俺の不安とは裏腹に、真白さんは怪しんでなかった。水泳経験が浅いから、琥珀の言う『水泳得意＝最高の水着を選べる』を素直《すなお》に信じたってわけか。

「そういうことなら俺が選ぶけど、サイズは自分たちで確かめてくれよな」

以前浴槽《よくそう》に身を潜《ひそ》めて琥珀と真白さんの全裸《ぜんら》姿を見たことがあるのでサイズは目に焼きついているが、それを明かすわけにはいかないからな。

そうするわ、とうなずいた真白さんとともに、女性用水着コーナーへ。

「どれもお姉ちゃんに似合いそうだけど……競泳水着はやめたほうがいいわよね？」

「ガチで泳ぐわけじゃないし、目立っちまいそうだしな」

恥《は》ずかしがり屋《や》な琥珀にしてみれば露出度《ろしゅつど》低めの競泳水着は嬉しいだろうが、レジャープールで巨乳美女が競泳水着を披露《ひろう》すれば注目は避《さ》けられない。

木を隠すなら森のなか。ビキニ姿の女性たちに紛《まぎ》れたほうが注目されずに済むはずだ。

とすると選択肢《せんたくし》は『露出度低めのビキニ』だ。パレオビキニだと腰から下は隠せるが、遊ぶのに邪魔《じゃま》すぎる。泳ぎやすさと露出度を考慮《こうりょ》すると——

「フレアビキニなんてどうだ？」

胸をフリルで隠せば、多少なりとも恥ずかしさは薄《うす》れるはず。

なにより琥珀に似合うしな！　琥珀は可愛いからなにを着ても似合うけど！

「うん。いいと思うわ。赤と白があるけど……白でいいわよね？」

「いいんじゃないか」

真白さんは白いフレアビキニのバストサイズを確かめて、一番大きいのを手に取った。

それからうっすらと頬《ほお》を染め、気恥《きは》ずかしそうに訊いてくる。

「あたしにはどんな水着が似合いそう？」

「似合う水着を選ぶのか？　泳ぎやすそうなやつじゃなくて」

「お、泳ぎやすくて似合う水着が欲しいのよっ！　そっちのほうがお得でしょ？」

「なるほど。たしかにビキニは安い買い物じゃないしな」

泳ぎやすいのは競泳水着だが、真白さんに似合うかどうかと訊かれたら……似合いそうだな。

でも一番じゃない。真白さんは華《はな》やかなので、もっと派手なビキニのほうが似合うはず。

かといって派手は派手でも破廉恥《はれんち》デザインだと恥じらうだろうし、そんなものをオススメすれば変態だって思われちまう。

デザインは落ち着いたものにして、派手さは色でカバーするか。

「こういうのとかいいんじゃないか？」

桜色のビキニを指すと、真白さんは一番小さいサイズを手に取った。

「よさそうね。念のため試着してみていいかしら？」

「もちろんだ。そのあいだに俺も買い物済ませとくよ」

試着室へ向かう真白さんにきびすを返し、男性用水着コーナーへ。黒いサーフパンツを購入《こうにゅう》し、マネキンの前で待っていると、真白さんが小走りに駆《か》けてきた。

「ごめん。待った？」

「いま買い終わったところだ。サイズはどうだった？」

「ばっちりよ。写真撮《と》ったけど……見たい？」

「見ていいなら見てみるよ」

真白さんの水着姿を目にすれば、俺は興奮してしまうだろう。エロい目で見てしまったことがバレてしまうと俺を警戒《けいかい》するようになり、遊んでくれなくなるかもしれない。

真白さんとの友情を保つためにも、いまのうちに耐性《たいせい》をつけておかなければ。

「こんな感じなんだけど……」

「どれどれ？」

鏡を使った自撮り写真だ。イメージ通り、真白さんに似合ってる。雪のような白い肌《はだ》に桜色がよく映《は》えているし、それなりの露出度だけど健全さは保てて――

「――ッ⁉」

「どうしたの？」

「な、なんでもないよ！　それよりその写真、いますぐ消そうぜ！」

「どうして？」

「ど、どうしてって、スマホを落としたら大変だろ！　悪い奴に拾われたらネットの海に流出しちまうぞ！」

「きゅ、急に怖い話しないでよ。言われた通りちゃんと消すけど――」

あらためて写真を見て、真白さんがぎょっとした。白い肌が瞬《また》く間《ま》に赤らんでいく。

気づいてしまったか……。

「こ、これ見たの？」

「ま、まあ……チラッとだけ」

鏡のなかにライトブルーのパンツとブラジャーが映りこんでいたのだ。几帳面《きちょうめん》な性格なのか、制服は綺麗《きれい》にたたまれて、その上にそっと添《そ》えられていたのである。

初対面のときもブラチラとパンチラをしていたし……ほんと隙《すき》だらけだな。

「とにかくごめん！　いますぐ頭をぶつけて記憶を吹《ふ》っ飛ばしてみるから！」

「そ、そんなことしなくていいわよ。せっかく勉強したのにバカになっちゃうじゃない」

「け、けどさ、俺の記憶がそのままだと真白さん恥ずかしいだろ？」

真白さんとは仲の良い友達でいたいんだ。ぎくしゃくした関係にはなりたくない。

「そりゃ恥ずかしいけど……チラッとしか見えなかったでしょ？」

「ま、まあ拡大したわけじゃないからな」

「だったらいいわ」

この話はこれでおしまいとばかりに手を叩《たた》き、会計を済ませる真白さん。そのまま水着コーナーをあとにした。

エスカレーターで一階に降りつつ、真白さんにたずねる。

「飯食ったらどうする？　カラオケにでも行く？」

「うーん。ごめんなさい。今日はやめとくわ」

「カラオケの気分じゃなかった？」

「そうじゃなくて、勉強で疲れてるのよ。今日はお家でゆっくりするわ」

「そか。俺も軽く昼寝《ひるね》しようかな。……でさ、昼飯はどうする？　バーガー店でいいならクーポン持ってるけど」

「ならそこにしようかしら。ポテトは半分こしない？」

「いいけど……太るの気にしてるのか？　何度も言うけど、真白さん全然太ってないし、太っても可愛いぞ」

「あ、ありがと。でもポテトは半分でいいわ。純粋《じゅんすい》にお腹空いてないのよ」

「だったら飯はやめて解散する？」

「ううん。透真くんと食べたい。帰ってからご飯の準備するの面倒《めんどう》だし、透真くんとご飯食べるの楽しいもの」

「俺も楽しいよ！　友達と駄弁《だべ》りながら飯食うのって、昔からの憧《あこが》れだからなっ！」

「透真くん、なんか可愛いわね」

はしゃぐ俺を見て、真白さんがくすっと笑う。

そうして話がまとまり、俺たちはバーガー店へ。そこで三〇分ほど過ごし、真白さんを駅まで送り、俺は家路についたのだった。


それから。

ベッドで熟睡《じゅくすい》していた俺は、電子音に目を覚ました。寝《ね》ぼけ眼《まなこ》を擦《こす》りつつ窓の外へ目をやると、空は赤みがかっていた。

夕暮れ時だ。昼寝のつもりが、がっつり寝てしまったようである。これだと夜寝るのに苦労しそうだが……問題ないか。今日から琥珀と朱里の家庭訪問が再開するし、ふたりが帰る頃にはへとへとになってるだろうしな。

「どっちだろ……」

スマホをチェックする。いまの電子音は朱里からのメッセージだったようだ。いま家にいるのかという質問に、家にいるよと返信する。

ベッドを出て、のどを潤《うるお》していると、再び電子音が響《ひび》いた。

【真白さんは一緒？】

【俺だけだよ。来るなら来ていいぞ】

【いますぐ行くわ】

その返信の数秒後にはインターホンが響いていた。まさに有言実行だ。

「いらっしゃ――」

「会いたかったわ！」

ドアを開けた瞬間《しゅんかん》にハグしてくる。

こうして会うのは一週間ぶりだ。俺《おれ》に甘《あま》えたくて仕方がなかったのだろう。胸元《むなもと》に顔を埋《うず》める朱里の黒髪《くろかみ》を、俺は優しく撫《な》で撫《な》でする。

「寂《さび》しい思いをさせて悪かったよ」

「いいのよ。試験のほうが大事だもの。だけど……もう我慢《がまん》しなくていいのよね？」

「ああ。試験も無事に乗り切ったしな。今日から存分に甘えてくれていいぞ」

「……キスもしていい？」

「するほうがいいのか？」

「ううん。されるほうが好きよ……」

甘えるように見つめられ、艶々《つやつや》とした唇《くちびる》に口づけをする。軽く唇を触《ふ》れ合わせるだけのキスだったが、久々だからか朱里はそれだけでとろんとした顔になる。

「やめないでほしいわ」

「わかってるって」

顔を傾《かたむ》けて、再び口づけをする。ついばむようなキスをしてから口のなかに舌を入れ、ねっとりとした舌に自分のそれを絡《から》める。

舌を絡めながら朱里のお尻《しり》を撫で、服の上から胸を揉《も》んでいると、息遣《いきづか》いが荒くなってきた。腰《こし》が抜けそうになったのか、朱里の力がふっと抜け、膝《ひざ》をついてしまったが、唇は離《はな》さない。舌を絡めながら膝をつき、貪《むさぼ》るようにキスを交《か》わす。

唇がふやけるくらいキスをして、髪を撫でながら唇を遠ざけると、朱里がとろけきった瞳《ひとみ》で俺を見つめてきた。

「えっちしたいわ……」

「いや、それはできないよ」

「いまなら白沢先生にバレずに済むわ。私はぜったいに言わないわ」

潤《うる》んだ瞳でおねだりされても俺の決意は変わらない。かぶりを振《ふ》って誘惑《ゆうわく》を振り払い、朱里の瞳を見つめてきっぱり告げる。

「復縁《ふくえん》するまで一線は越《こ》えられないよ」

二股《ふたまた》作戦を実行中だが、本当に付き合っているわけではないのだから。

「残念だわ……」

「悪い。でも朱里のことが嫌いだから断ってるわけじゃないからな」

「わかってるわ……。復縁したら、いっぱいえっちなことをしてほしいわ」

「そのときはお互《たが》いにやりたいことをやろう」

　朱里は嬉しそうにうなずき、ぎゅっと抱《だ》きついてくる。さらさらの髪を撫でていると、甘えるように訊いてきた。

「明日はずっと一緒《いっしょ》にいられるのかしら？」

「ずっと一緒は難しいな。午前中から出かける予定で、家に帰るのは夕方以降だし」

「どこへ行くの？」

「プールだよ。琥珀と真白さんと三人でな」

「妹を利用するなんてズルいわ」

「利用したわけじゃないよ。元々真白さんとふたりで行くつもりで、真白さんに誘われて琥珀もついてくることになったんだ」

「真白さん、私のことも誘ってくれないかしら？」

「朱里のことは教師として尊敬してるっぽいけど、誘いはしないんじゃないかな」

「透真がそれとなく『赤峰《あかみね》先生もつれていこう』って伝えれば、私もついていけるんじゃないかしら？」

「それだと俺たちの関係を怪《あや》しまれるだろ」

「はとこでも？」

「はとこでもだ」

真白さんは俺と朱里が親戚《しんせき》同士だと知っている。だからコスモランドで同伴《どうはん》したときは怪しまれずに済んだけど、あれはあの場に朱里がいて不自然じゃない状況《じょうきょう》だったからだ。

プールにつれていこうと提案すれば、真白さんは思うだろう。──『透真くんって赤峰先生のことが好きなの？』と。

朱里のことが好きな男子は大勢いるし、好意を悟《さと》られただけで過去の関係まで明るみに出ることはないだろうが、疑われるのは避けたいところだ。

なにより琥珀と朱里がセットになれば張り合ってボロを出しかねない。安全のためにも朱里には留守番をしてもらわねば。

「ごめんな。今回は我慢してくれ」

「わかったわ……。だけど、透真と水着で過ごしたいわ。これから一緒にお風呂《ふろ》に入ってくれないかしら？」

「水着で風呂か……」

裸《はだか》同士で入浴すれば理性が保てず、一線を越える怖《おそ》れがあるが、水着姿なら耐《た》えられる。

それに琥珀とプールに行くんだから、朱里とも水着で過ごしてあげないとかわいそうだ。

「わかった。でも風呂は夜になってからな。そろそろ琥珀が来る頃だろうし――」

ピーンポーン、と。

噂《うわさ》をすればインターホン。ドアを開けると、思った通り琥珀だった。

「テストお疲れ様《さま》～！　今日はご馳走《ちそう》作るからね！」

「サンキュー！　とりあえず上がってくれ」

「お邪魔しま～す！　――赤峰先生もいらっしゃったんですね。お仕事お疲れ様です」

「白沢先生こそお疲れ様でした。疲れているでしょうから、今日はもう帰って休まれてはどうですか？」

「いえ、そんなに疲れてませんよ」

「いえ、疲れているように見えます。養護教諭《きょうゆ》の目は誤魔化せませんよ」

「でしたら疲れに効く料理を作るとします。ひとりぶん作るのもふたりぶん作るのも労力的には変わりませんから透真くんにも食べさせます。赤峰先生も食べて行かれますか？」

「ありがとうございます。ではいただきます」

「完成したら家に届けますね」

「ご足労かけるわけにはいきませんのでこの場で待たせていただきます」

お互いに引く気がないことがわかったところで料理スタート。琥珀がメインの仕事を、俺と朱里が手伝いを担当する。

料理が完成し、テストの話で盛り上がりつつ楽しいディナータイムを過ごす。片づけを済ませるとソファに腰かけ、琥珀と朱里に手を握《にぎ》られたり、太ももを撫でられたりしつつバラエティ番組を見る。

いつものように賑《にぎ》やかな時間を過ごし、二一時を過ぎた頃《ころ》、俺はふたりに言った。

「そろそろ解散するか」

今日は金曜で、明日は休み。いつもなら「もうちょっと一緒にいたい」とごねるところだが、それぞれやるべきことがあるので素直に応じてくれた。

「じゃーね、透真くん」

「また会いましょう」

「おう。またな」

そうしてふたりを見送ると、水着風呂の準備に取りかかる。湯船にお湯を張り、水着を穿《は》き、ジャージを着る。あとは朱里が来るのを待つだけだ。

ソファに座《すわ》り、ニュース番組を流していると、インターホンが鳴った。ドアを開けると、朱里が佇《たたず》んでいた。

ビキニ姿で。

「も、もう着てきたのか？」

「早く透真に見せたかったのよ」

「気持ちは嬉《うれ》しいけど誰《だれ》かに見られたらヤバいだろ……」

「平気よ。この階には私と透真と白沢先生しかいないもの」

「そりゃそうだが……」

誰かが間違《まちが》って五階で降りちゃう可能性もあるんだし、気をつけるに越したことはないのだが……

「それで……どうかしら？」

朱里は胸に手を添え、太ももをもじもじさせる。

付き合っていた頃にプレゼントした、ライトグリーンの紐《ひも》ビキニだった。巨乳すぎて、マイクロビキニみたいになっている。

「めっちゃ可愛《かわい》いよ」

「嬉しいわ。早く透真の水着姿も見せてちょうだい」

おう、とうなずき、朱里と脱衣所《だついじょ》へ。服を脱《ぬ》いで水着姿になると、朱里がうっとりする。

「かっこいいわ。透真はたくましいわね」

「昔からガタイだけはいいからな」

胸筋と腹筋を見ていた朱里が、視線を下に落とす。そして口元に笑《え》みを浮《う》かべる。

「私に興奮してくれてるのね」

「その格好の朱里を見て興奮しないわけないだろ」

「嬉しいわ……」

「……嬉しいのはいいけど、じろじろ見るなよ。恥ずかしいだろ」

「どうして恥ずかしいの？　昔は自分から見せてきたじゃない」

「一年以上も一緒に風呂に入ってないんだから、恥ずかしがって当然だろ」

「だったら、恥ずかしさを克服させるわ。そうすれば堂々と見せてくれるわよね？」

「いや、恥ずかしさを克服してもそんな変態みたいなことはしないが……まあ、とにかく立ち話もなんだ。風邪《かぜ》引いちまうし風呂入るか」

俺たちは風呂場《ふろば》に身を移した。朱里がかけ湯をして湯船に浸《つ》かり、俺はわしゃわしゃと髪を洗う。

シャンプーを洗い流したところで、朱里が湯船から出てきた。

「背中を流すわ」

「そか。ありがとな」

朱里がボディタオルを泡立《あわだ》て、ちゅっと首筋にキスしてきた。

「うわっ、びっくりした……」

「ごめんなさい。キスしたら喜んでくれると思ったのよ……」

「お、落ちこむなって！　びっくりしただけだからさ！　マジで嬉しいよ！　もっとキスしてくれ！」

「嬉しい……。いっぱいキスするわね」

ちゅっと頬にキスをして、背中を洗ってくれる。さらにわきの下を洗い、腕《うで》を洗い、「正面を向いてちょうだい」と言われたので身体ごと朱里のほうを向くと、ちゅっ、ちゅっ、と鎖骨《さこつ》や胸元にキスしてきた。それから胸やお腹《なか》を泡立てると、今度は立つように言われた。腰を浮かすと水着に手をかけ――

「ストップ！　ストーップ！」

ずり下ろされる寸前、待ったをかけた。

「そこも洗わせてほしいわ。一年以上ご無沙汰《ぶさた》だけど、上手に洗える自信があるわ」

「いいよ。汚《きたな》いし」

「透真に汚いところはないわ」

「だとしても自分で洗うから！」

ただでさえ全身にキスされて興奮してるんだ。これ以上興奮するようなことはできない。でないと理性が吹っ飛んでしまう。

朱里に湯船に戻《もど》ってもらい、泡立ったタオルを水着のなかに突《つ》っこんで洗う。それからシャワーで泡を洗い流すと湯船に浸かる。

すると朱里が立ち上がり、俺と向き合うようにあぐらの上に腰を下ろした。俺の首筋に腕をまわして、ちゅ、ちゅっと頬にキスする。

「今日はやけに積極的だな」

「せっかくふたりきりになれたんだから、いっぱいキスしたいの。……透真はキスしたくないの？」

物欲《ものほ》しそうな目で見られ、朱里の唇にキスをする。湯船に浸かり、肌と肌とを密着させ、舌と舌とを絡ませていると、あっという間にのぼせてきた。

「そろそろ上がるよ」

朱里に告げて、俺は湯船を出た。ジャージに着替《きが》えてリビングで待っていると、朱里が姿を見せる。

ビキニで来たので、濡《ぬ》れたビキニ姿のままだ。

「服貸そうか？」

「近いからこのまま帰るわ」

「わかった。念のため家まで送るよ」

一〇秒足らずで帰宅できるとはいえ、ビキニ姿の朱里をひとりで帰すのは心配だしな。

朱里は嬉しそうにうなずき、俺とともに家を出る。

何事もなく五〇一号室にたどりつき――

「今日はたくさんキスできて幸せだったわ」

「俺もだよ。んじゃまたな」

最後に軽くキスをして、俺はひとりで帰宅する。家に入ると、どっと疲《つか》れが押《お》し寄せてきた。

そうしてベッドに倒《たお》れこみ、俺は眠《ねむ》りについたのだった。

◆

翌日、土曜日。

琥珀の運転する車で、俺たちはウォーターランドにやってきた。車から出ると、琥珀と真白さんが眩《まぶ》しい日差しに目を細める。

場所である。


「立派なところだね～」

「コマーシャルで見たまんまだわ！」

　ドームを見上げ、白沢姉妹は大はしゃぎだ。

　ウォーターランドはドームに覆《おお》われた全天候型の屋内施設《しせつ》。この辺ではコスモランドに次ぐ人気を誇《ほこ》る遊び場で、朱里とデートで利用したことがある。俺にとっては思い出深い場所である。

　プール最盛期は夏だけど、今日は暑いうえに土曜だからか受付前にはちょっとした列ができていた。

「小さい子がいっぱいいるね。子ども会のイベントで来てるのかな？」

「子どもが楽しめるなら、あたしたちでも楽しめそうね」

「実際、水泳が苦手なひとでも楽しめるように、いろんなプールがあるからな」

　二五メートルプールに五〇メートルプール。流れるプールにキッズプール。ウォータースライダーなどがある。小腹が空いたらフードコートで食事できるし、疲れたときは併設《へいせつ》されたマッサージ店で癒《いや》してもらえる。

「ウォーターランドは子どもからお年寄りまで楽しめるレジャーランドなんだ」

「虹野くん、広報のひとみたいだね」

「以前来たことがあるの？」

「二年くらい前にな」

「誰と？」

「誰って――」

やべえ！　墓穴《ぼけつ》を掘《ほ》っちまった！

「きっとひとりで来たんだよ！」

誰と来たのかを察したのか、琥珀がフォローしてくれた。

俺に友達がいないことは知られてるし、親が放任主義だということも知られているのだ。寂しい奴《やつ》だと思われそうだが、ひとりで来たと言うしかないわな。

「こういうところって、ひとりでも楽しめるの？」

「俺はおひとり様歴が長いからな。ヒトカラもひとり焼肉も楽しめるし、ひとりプールも満喫《まんきつ》できたぜ！　特にウォータースライダーが最高なんだ！」

話題を逸《そ》らすと、真白さんは食いついた。ただし悪い意味で。

「ウォータースライダーって怖《こわ》くないの？」

興味はあるようだけど、不安そうだ。

真白さんって絶叫系《ぜっきょうけい》が苦手だしな。

水泳への苦手意識を克服《こくふく》するついでに、ウォータースライダーも楽しめるようになってほしい。

「怖くないよ。ジェットコースターに乗れたんだから、ウォータースライダーくらい余裕《よゆう》だって」

「ジェットコースターと違《ちが》って、ウォータースライダーには安全バーがないわよね？」

「そりゃないけど……コース外に振り落とされたりしないって」

「虹野くんの言う通りだよっ。それにコマーシャルでも子どもが楽しそうに滑《すべ》ってたし、真白ちゃんも楽しめるって！」

「ありがと。ちょっと勇気出てきたわ。せっかく来たんだから、一度だけでも滑らないともったいないわよね」

俺たちの励《はげ》ましに、真白さんは前向きになってくれた。

そうしてしゃべっている間も列は進み、俺たちの番がまわってくる。入場料を支払《しはら》い、館内へと足を踏《ふ》み入れ、空調の効いた通路を進んでいくと、更衣室《こういしつ》が見えてきた。

ところで、と琥珀が言う。

「待ち合わせはどこでしよっか？」

「プールサイドで待ち合わせすると見つけるのに手間取りそうね」

「通路を進んだところに待合室があるから、そこで待ってるよ」

「待合室ね。了解《りょうかい》したわ」

「じゃあまたあとでね～」

　ふたりと別れ、ひとりで男子更衣室へ。サーフパンツに着替えると、待合室へ移動する。

待合室には恋人《こいびと》を待っているらしき落ち着きのない中学生やら早く遊びたそうにしている子どもをなだめる父親やらがいた。

　空いている椅子《いす》に腰かけ、待つことしばし。

「ええと、透真くんは……」

「あそこにいるよ」

　白沢姉妹がやってきた。

　琥珀は白いフレアビキニ、真白さんは桜色のビキニに身を包んでいる。健全ビキニではあるものの、ふたりの可愛さは目を引くようで、男たちがチラ見している。

　視線に気づいているのか、琥珀も真白さんも落ち着かない様子だ。とりあえず待合室を出ると、真白さんがおずおずと話しかけてきた。

「ど、どうかしら？　変じゃない……？」

「ばっちりだ。めっちゃ似合ってるよ。水着はもちろん、ポニーテールもな」

「そ、そう。ありがとと。透真くんも似合ってるわよ」

「ありがとな。嬉しいよ」

「どういたしまして。……ところで、その赤いのどうしたの？」

「赤いの？」

真白さんはうなずき、

「首筋とか鎖骨とか胸元とか、赤くなってるわよ」

「赤く……」

嫌《いや》な予感がした。

おそるおそる視線を落として胸を見ると、ぽつぽつと赤くなっている。

やべえ！　キスマークだ！

「背中にもついてるわね。これなに？」

「た、たぶん虫刺《むしさ》されだと思うぞ！　昨日めっちゃ蚊《か》が飛んでたし！」

「それにしては変なところまで刺《さ》されてるわね。裸で寝てたの？」

「昨日は暑かったからな！　上半身裸で寝たんだよ！」

「虹野くんは蚊に愛されてるんだね」

琥珀がにこにこ笑って言う。

だけど目が笑ってない！

キスマークだと気づかれている！

朱里に嫉妬《しっと》しているようだが……真白さんが一緒なわけだし、ここではおとなしくしてくれるよな？

そう信じつつ通路を進み、プールサイドにたどりつく。

「遊園地みたいね！」

大勢で賑わうプールサイドに到着《とうちゃく》すると、真白さんがはしゃぎ声を上げる。

プールは大勢の客で賑わっているが、広々としているので混雑している感じはしない。

これならのびのび遊べそうだ。

「さて、どうする？　さっそくウォータースライダーに挑戦《ちょうせん》してみる？」

「そうね……」

真白さんはウォータースライダーへ目を向ける。

とぐろを巻いたスライダーは圧巻のスケール。そちらから楽しげな声が聞こえてくるが、やはり怖いようで、真白さんは尻込みしている。

「まずは水に慣れたいわ」

「んじゃ流れるプールに行ってみるか」

「溺《おぼ》れちゃわないかしら……？」

「平気だって。余裕で足がつく深さだし、浮き輪《わ》をレンタルできるからな。流れに乗って泳ぐのも楽しいけど、浮き輪でぷかぷか流れに身を任せるのも楽しいぞ」

「浮き輪を使えるなら安心ね。お金はどうすればいいのかしら？」

「お金ならお姉ちゃんが払《はら》うよ。社会人だもんっ。財布《さいふ》持ってくるから待っててね」

「ああいえ、浮き輪は無料でレンタルできますよ」

「そうなんだ。お得だね。どうする真白ちゃん？　流れるプールで遊ぶ？」

「うん。遊びたいわ」

話がまとまり、俺の案内で浮き輪レンタル店へ。

「おっ。イルカの浮き輪が残ってるな」

「珍《めずら》しいの？」

「イルカの浮き輪は人気でな。前に来たときは返却《へんきゃく》待ちだったんだ。けっきょく三〇分は待たされたよ」

「……ひとりであれに乗ったの？」

「い、いいだろ、ひとりで乗ったって」

ほんとは朱里と乗ったけど。

背中におっぱいを押しつけられて、めっちゃ興奮したけど。

「これって三人で乗れるのかしら？」

「詰《つ》めればギリギリ乗れそうだが……俺も一緒に乗るのか？」

「ひとりだけ仲間外れはかわいそうじゃない。お姉ちゃんもいい？」

「うん。わたしはいいよ」

「で、でも俺、男ですよ？」

女子と密着するのはマズい。確実に興奮する。ゆったりとしたサーフパンツなのでバレにくいだろうが、興奮していることが悟られたら気まずくなってしまう。

だから頼《たの》む琥珀！　やんわり断ってくれ！

「わたしは気にしないよ」

だめかー。

そりゃそうだよな。琥珀が俺と密着する機会を逃《のが》すわけないよな。

「ほ、ほんとに俺が乗っていいんですか？」

「うん。わたしも真白ちゃんも泳ぐのが苦手だから、虹野くんが乗ってくれると安心して楽しめるよ」

「わかりました。そういうことなら一緒に乗ります」

イルカの浮き輪をレンタルし、流れるプールへと運ぶ。ゆらゆらと揺《ゆ》れる浮き輪を動かないように手で押さえ、まずは真白さんに乗ってもらう。

「次、先生どうぞ」

「真ん中は虹野くんに譲《ゆず》るよ」

「えっ。俺が真ん中ですか⁉」

よりによって一番興奮する場所じゃねえか！　水着姿の真白さんと琥珀に挟《はさ》まれるとか、生理現象を食い止める自信がないぞ……。

まあ、どこに座ろうと興奮はするんだけどさ。

「俺にうしろから抱きしめられて嫌じゃない？」

「う、うん。嫌ではないわ。でも変なところ触《さわ》らないでね？」

「わ、わかってる」

真白さんのうしろに座ると、浮き輪がぐらぐら揺れた。咄嗟《とっさ》に真白さんを抱きしめる。お腹は『変なところ』じゃないようで、一瞬《いっしゅん》びくっと震《ふる》えつつも文句は口にしなかった。

俺のうしろに琥珀が座り、背中にぎゅっとしがみつく。ぐにゅぐにゅと柔《やわ》らかな感触《かんしょく》が伝わるなか、浮き輪がゆっくりと動きだす。

「け、けっこう揺れるわね」

「前傾姿勢《ぜんけい》になったほうが安定するぞ」

俺の助言に素直《すなお》に従い、真白さんが前のめりになり、両手でイルカの浮き輪に抱きつく。

バランスを取るため俺も前のめりになると、琥珀も前のめりになった。

背中にムチムチとした感触が迸《ほとばし》り、てのひらにはスベスベとした感触が、さらに目の前には魅力的《みりょくてき》なうなじがある。

これで興奮するなと言うのは無茶《むちゃ》だ。理性で抑《おさ》えこもうとするが、身体の一部が熱を帯びてきて——

ちゅっ。

「——ッ！」

背中になにか触れたんですけど⁉　感触的《かんしょくてき》に唇なんですけど⁉

いきなり琥珀にキスされ、俺はパニックになってしまう。おかげで熱は引いたけど……

これはこれで安心できない。

ちゅ、と再び背中にキスされる。

バランスが崩《くず》れたわけじゃなさそうだ。琥珀の奴、わざとキスしてるな？

「透真くんの言った通りね。前のめりになったら安定したわ」

ちゅっ。

「だ、だろ？　これなら転覆《てんぷく》の心配はないし、ひっくり返っても俺がすぐに助けるから。安心して流れるプールを楽しんでくれ」

ちゅっ。

「ありがと。透真くんって本当に頼《たよ》りになるわね」

ちゅっ。

キスしすぎだって！　キスマークを上書きしたい気持ちはわかるけど、タイミング的にマズいって！

真白さんが振り返ったら大変なことに——

「お姉ちゃん、どうして黙《だま》ってるの？」

真白さんが振り向いた！　キスの瞬間は目撃《もくげき》されずに済んだが……心臓に悪すぎるぜ。

「え、ええっと……あれ！　あれを見てたの！」

「ウォータースライダー？」

「そうそれ！　楽しそうだなーと思って」

「だったらウォータースライダーで遊んでみる？」

「えっ？　いいよ無理しなくて。真白ちゃん、ウォータースライダー怖いんでしょ？」

「怖いけど、せっかくだから挑戦したいわ。お姉ちゃんと楽しい思い出を作りたいもん」

「んじゃ降りないとな」

「そうね。……ところで、これどうやって降りるわけ？」

真白さんは不安げだ。ひとりずつ降りようとすればバランスを崩してひっくり返るのは目に見えている。だったらいっそ――

「いちにのさんで、右側に倒れようぜ。なにがあっても俺が助けるからさ」

「わ、わかったわ。お姉ちゃんもそれでいい？」

「うん。いちにのさんだね？　せーの、いち、にの――」

ばしゃんっ！

イルカがひっくり返り、三人揃《そろ》ってプールに落ちる。溺れることも流されることもなく、俺たちは浮き輪を持ってプールサイドに上がった。

店に浮き輪を返却し、ウォータースライダーへと向かう。

「近くで見ると高いわね……落ちたら死ぬわ」

「安全柵《さく》があるから落ちないって。で、どっちのコースにする？」

「コース？」

「ウォータースライダーには、とぐろを巻いたスライダーと一直線になったスライダーの二種類あるんだ」

「どっちが楽しい？」

「どっちも同じくらい楽しいから、ふたりが決めていいよ」

「お姉ちゃんはどっちがいい？」

「そうだね……。とぐろのほうが迫力《はくりょく》ありそうだから、まずは一直線のスライダーで慣らそっか？」

「ああ、それだったら先にとぐろを経験したほうがいいですよ。一直線のほうが迫力ありますから」

一気に滑り落ちるので迫力は満点。思わず悲鳴を上げてしまうほどスリリングである。

「だったら、とぐろのスライダーにしようかしら？」

コースが決まり、とぐろスライダーの階段を上る。階段には列ができていたが、みんな躊躇《ちゅうちょ》なく滑っているのか回転率は高かった。

さくさくと列が進み、階段を上るにつれて、真白さんの顔が曇《くも》っていく。

「か、かなり高いわね……」

「……怖いなら引き返すか？」

朱里と来たときは『怖いから抱きしめてほしいわ』『言われなくても抱きしめるつもりだったぜ』と背中を抱きしめて滑ったが、真白さんに同じことはできないしな……。

「ううん。ここまで来たんだから滑ってみせるわ。……怖いけど」

「だったら虹野くんにうしろからハグしてもらえばいいよ」

「えっ？　な、なに言ってるんですか？　ハグなら先生がすればいいじゃないですかっ」

「わたしにハグされるより男の子にハグされたほうが頼もしいよ」

男の子だから困るんだよ！　真白さんを抱きしめたら生理現象が起きちゃうぜ⁉　真白さんにバレちまったら気まずい空気になっちまうぜ⁉

「透真くんさえよければ、ハグしてほしいわ」

「で、でもさ、俺にハグされて嫌じゃない？」

「嫌だったら浮き輪のときに断ってるわよ。……だめかしら？」

「いや、真白さんがそうしてほしいならハグするよ」

不安そうな真白さんを突き放《はな》すことはできないしな。

とにかく興奮しないように気をつけよう！

「わたしも虹野くんにハグしていいかな？」

「白沢先生もですか⁉」

「ちょっと怖くなっちゃって。ジェットコースターと違って、安全バーがないんだもん」

安全バーがないからって、ジェットコースターに乗れる琥珀がウォータースライダーに怯《おび》えるとは思えない。

さてはまたキスを企《たくら》んでるな？

「次の方、どうぞ」

話している間に俺たちの番がまわってきた。スライダーのスタート地点に係員が佇み、俺たちを誘導《ゆうどう》する。

「い、いよいよね……」

真白さんがびくびくしつつスタート地点にお尻をつけた。そのうしろに座り、背中から抱きしめる。胸には触《ふ》れていないのに、鼓動《こどう》が伝わってきた。

俺の心臓もバクバクだ。琥珀が背中に密着してるから。ぐにぐにと胸を押しつけられ、興奮せずにはいられない。

「じゃ、じゃあ手を離すわね」

俺たちが返事をすると、真白さんがスライダーの縁《ふち》からぱっと手を離す。瞬間《しゅんかん》――

「ひゃあああああああああああ――」

猛烈《もうれつ》な速さで滑り落ち、水しぶきを巻き上げながら右へ左へ曲がりくねり、スライダーから吹《ふ》き飛ばされそうになっちまう。

「怖い怖い怖い怖い怖い！　透真くん離さないでねぜったい離さないでね！」

「ぜったい離《はな》さないから安心し――うわっ」

「ど、どどうしたの⁉」

「なんでもない！　前向いてて！」

「なんでもないことはなさそうだけど！」

「なんでもないってば！　正面見てないと危ないから！」

だって琥珀が首筋に唇《くちびる》を押しつけてるから！

吸血鬼《きゅうけつき》みたいにちゅうちゅう吸ってきてるから！

琥珀に待ったをかけたいけど声をかければ真白さんに聞かれてしまう。されるがままになるしかない。琥珀にキスをされながら滑り落ちていき――

ばしゃーん！

スライダーから射出され、プールに着水する。そして次のひとが落ちてくる前にプールサイドに上がると、琥珀が何事もなかったように言う。

「真白ちゃん、楽しかった？」

「う、うん。最初はすっごい怖かったけど……爽快感《そうかいかん》があって楽しかったわ。特に最後の放《ほう》り出されるところとか。お姉ちゃんはどうだった？」

「楽しかったよ。ぐるぐる回るところとか特に！　もう一回する？」

「うん。次は一直線のスライダーに挑戦してみるわ。……またぎゅってしてくれる？」

「あ、ああ。真白さんがそうしてほしいなら」

「だったらお願いするわっ」

真白さんはにこやかだ。

不幸中の幸いというか、なんというか……。琥珀のキスにハラハラしっぱなしでエロい気分にはならずに済んだし、これなら次も興奮せずに済みそうだ。

俺《おれ》たちは再び列に並び、さっきと同じく三人でスライダーを楽しんだ。

「ウォータースライダーって楽しいのね！　ジェットコースターとは全然違うわ！」

「気に入ったみたいだな。もう一回滑ろうか？」

「滑りたいけど、その前にご飯がいいかも。いっぱい叫《さけ》んだらお腹空いちゃった」

食事をすることに決まり、俺たちは財布を取りに更衣室へ。そして待合室で合流すると、フードコートへと向かう。

ちょうど昼飯時だからか、フードコートは混雑していた。いくつかの店舗《てんぽ》が入っており、どの店も大繁盛《だいはんじょう》だ。

「どの店にするか迷うわね……透真くん、オススメとかある？」

「前に来たときはハンバーガーを食べたぞ。肉厚で美味《おい》しかったよ」

「じゃあハンバーガーにするわ」

「わたしも同じのにしようかな。ポテトは……Lサイズを頼んで三人で食べよっか？」

異論はなく、俺たちは注文を済ませると呼び出しベルを受け取り、空いている席を探す。

そして四人掛《が》けのテーブル席につき、次はなにをしようかと話していると、呼び出しのベルが響《ひび》いた。

「みんなで行けば席を取られちゃいそうね」

「なら俺が行くよ」

「あたしが行くから透真くんはここにいて。透真くんが見ててくれないと、お姉ちゃんがナンパされちゃうわ」

「ひとりで運べる？　お姉ちゃんもついていこうか？」

「あたしは平気だから、お姉ちゃんは透真くんのそばにいて」

真白さんはとにかく琥珀が心配みたい。琥珀も真白さんを心配してるけど……これだけ混雑してるんだ。さすがにナンパする奴はいないよな。

それに琥珀とふたりきりで話しておきたいこともあるし。

これ以上店員さんを待たせるわけにはいかないので、真白さんにお願いすることにした。

人混《ひとご》みをかき分けながらハンバーガー店へ向かうのを確認《かくにん》してから、琥珀に言う。

「プールでキスするのはやめようぜ」

「だって……キスマーク見てると『透真は私のものよ』って言われてるみたいでムカムカするんだもん。昨日は首にキスマークとかなかったのに……あのあと遊びに来たの？」

「遊びに来たというか、約束してたんだよ。夜になったら水着で風呂《ふろ》に入ろうって」

「ズルいよ……」

琥珀が唇を尖《とが》らせた。朱里を特別扱《あつか》いしたので拗《す》ねてしまったようだ。

「琥珀とはこうしてプールに来たんだし、それでいいだろ？」

「プールで遊べるのは嬉しいけど、ふたりきりでお風呂に入って、好きなだけキスできるのも羨《うらや》ましいよ。わたしとも水着で入浴してくれる……？」

「ふたりきりになる機会があれば入浴するから、今日のところはおとなしくしててくれ」

俺が約束すると、琥珀は明るくうなずいてくれた。

よかった、機嫌《きげん》をなおしてくれたみたいだ。ほっと胸を撫《な》で下ろし、ハンバーガー店のほうを見ると――

真白さんが、こっちを見てわなわなと震えていた。

やべっ！　いまの会話、聞かれちまったか⁉

いや、大声は出してないし、賑々《にぎにぎ》しいからほとんど聞こえてないはずだ。だけど仲良くしゃべっていたのは見られたわけで……。

「と、透真くん……」

真白さんが席につき、震える声で言う。

うろたえているようだけど……俺と琥珀の関係に気づき、戸惑《とまど》っているにしては様子が変だ。顔が青ざめ、なにかに怯えているように見える。

「どうかしたのか？」

「も、もしかして痴漢《ちかん》されたの？」

「ううん。そうじゃなくて、あれ……」

不安そうに俺のうしろを見る真白さん。振《ふ》り返ると、人混みのなかに見知った顔を発見。

コスモランドのナンパ野郎《やろう》たちだった。

遊びに来たのか、懲《こ》りずにナンパしに来たのか。どっちにしろ、顔を合わせれば厄介《やっかい》なことになりそうだ。

前回は揉《も》めてる最中に教頭先生が来て逃《に》げたけど、今回はいないから。第二ラウンドになるかもしれない。

こっちに来るなとガンを飛ばすが、あいつらは俺の視線に気づかない。空いている席を探しているようで、きょろきょろしながらこっちへ近づき——

「あっ！」

「げっ！」

視線が交わり、ナンパ野郎たちがびくっと震えた。

そして次の瞬間、深々と頭を下げてきた。

「せ、先日は申し訳ありませんでした！」

「彼女《かのじょ》さんに失礼なことを言ったことを深くお詫《わ》びします！」

口早に言うと走り去っていく。俺と揉めていたときはあそこまで怯えてなかったし……

校長に家庭訪問され、怖い思いをしたのだろう。

校長の怖《おそ》ろしさは俺もよく知っているので、あいつらの気持ちは理解できる。もちろん同情はしないけど。

「喧嘩《けんか》にならなくてよかったね……」

「ですね。あの怯えっぷりだと二度と絡《から》んで来ないでしょうし、これで安心して遊べます。だから……もう怖がらなくていいんだぞ」

ぼーっとしている真白さんに声をかけると、ふるふると首を振り、

「う、ううん。怖いわけじゃなくて……彼女に見えるんだなーと思って」

「あのときの虹野くん、ものすごい剣幕《けんまく》だったもんっ。歳《とし》は離れてるけど、お姉ちゃんの

ことを彼女だと思うのも無理ないよ！」

「え？　あれってあたしのことを言ったんじゃないの？」

「そ、そうかなぁ？　お姉ちゃんのことっぽかったけどなぁ」

「あたしを見て言ってたように見えたけど……」

「虹野くんはどっちだと思う？」

俺に意見を求めないで！　彼女に見られたい気持ちはわかるけど、張り合うのはやめてくれ！　真白さんに怪《あや》しまれちゃうから！

「ど、どっちだっていいですよ。あいつらがどっちのことを言ってようと、ふたりは彼女じゃないんですから！　友達と先生なんですから！　それより飯にしましょう飯に！」

これ見よがしにハンバーガーにかじりつくと、ふたりはなにか言いたげにしながらも、食事を始めてくれたのだった。

《 第三幕　満員ベッド 》

その日。帰りのホームルームが終わった教室で、クラスメイトが賑《にぎ》わっていた。

先ほど担任から順位表が配られたのだ。お互《たが》いに順位表を見せ合って、勝った負けたと盛り上がっている男子もいる。

「透真《とうま》くん、どうだった？」

となりの席の真白《ましろ》さんにたずねられ、得意満面に順位表を広げてみせた。

「過去最高だったぜ！」

二年三学期の中間試験よりトータル四〇点も上がっている。数学に関しては前回の四五点から二〇点も上がった！

「よかったじゃない」

「真白さんのおかげだよ。マジでありがとな。今日から真白神って呼びたいくらいだぜ」

「拝まなくていいってば……。とにかく赤点を回避《かいひ》できてなによりね」

「ああ。これで期末までは安心して過ごせるよ。……でさ、なにかあった？」

俺がたずねると、真白さんは戸惑うように目をぱちくりさせる。

「なにかって?」

「なんとなく元気がなさそうに見えるから気になってさ」

俺の思い過ごしだといいのだが……真白さんは月曜日から元気がなさそうにしている。

最初はプールの疲れが残ってるんだと思っていたが、今日まで続くってことはべつの理由だろう。

「ひょっとして風邪《かぜ》か?」

「ううん。風邪じゃないわ。ていうかあたし、そんなに元気なさそうに見える? いつも通りに振る舞《ま》ってるつもりなんだけど……」

「ちょっと表情暗いし、最近よくため息ついてるだろ」

「ため息……? あたし、ため息ついてた?」

「ついてるよ。もしかして……成績が落ちたのか?」

毎回テストが返却されるたびに結果を報告しあったので、真白さんがどの教科も高得点だということは知っている。特に数学は驚異《きょうい》の一〇〇点。文句なしの学年トップだ。

だけど、それ以外は一〇〇点じゃない。九〇点台がほとんどで、英語だけは八〇点台。

俺のほうが二点だけ上だった。

英語は俺の得意科目で今回の最高得点でもあるので、真白さんに勝った気はしないけど。

「まあ……そうね。トータルで見ると前回より一〇点は下がってたわ」

「ごめん。俺が真白さんの勉強時間を奪《うば》ったせいで……」

「透真くんのせいじゃないわ。家族のことで悩《なや》みがあって、勉強に集中できなかったの」

家族のことで悩みって……

「もしかして、白沢《しらさわ》先生の元カレのことか？」

ほかの生徒に聞かれないよう、俺は小声でたずねた。

琥珀《こはく》に元カレがいると知られたら、あっという間に学校中に広まるしな。そうなったら校長の耳にも届き、琥珀に迷惑《めいわく》かけちまう。

「ううん。その悩みじゃないわ。たしかにお姉ちゃん、こないだもスマホを見てニヤニヤしてたけど……」

「な、なにを見てたんだ？」

俺とのやり取りを見返してニヤニヤしてたわけじゃないよな⁉　俺も琥珀と付き合っていた頃《ころ》にメールを見返してニヤついてたし、その可能性は充分《じゅうぶん》あり得るのだが……。

「猫《ねこ》の写真だったわ」

「そ、そっか」

俺が送った写真だろう。こないだ帰り道で野良猫《のらねこ》を見かけ、すり寄ってきたので写真を撮《と》ったのだ。

人間だろうと猫だろうと怖がられないのは嬉《うれ》しいので、元カノたちに送ってしまったのである。

「気持ちはわかるよ。俺も猫を見かけたら撮りたくなるからな」

「元カレが送ってきた可能性もあるわ。お姉ちゃんとよりを戻《もど》すために、猫を使って気を引こうとしてるのかも」

「さ、さすがに考えすぎじゃないかな。たぶん自分で撮ったんだと思うぞ。マンションの近くでよく野良猫を見かけるしさ」

「ええ。あたしも見たことあるわ。可愛《かわい》くてつい撮っちゃったんでしょうね」

真白さんは疑いを引っこめてくれた。

一安心していると、憂鬱《ゆううつ》そうに続ける。

「悩みの種はお父さんよ。あたしのやることなすことに口出しして、ほんっと鬱陶《うっとう》しいんだから。もう子どもじゃないんだから、放っといてくれればいいのに。あーもう……思い出したらまたイライラしてきたわ。透真くん今日暇《ひま》？」

「ああ。ストレス発散になら付き合うよ。カラオケとかどうだ？」

「話が早くて助かるわ」

そうと決めた俺たちは帰り支度《じたく》をすると、駅前のカラオケ店へと向かうのだった。


それから。

「ほんとに奢《おご》ってもらってよかったの？」

「気にしなくていいって。おかげで赤点を回避できたんだから。これくらいしないと俺の気が済まないよ」

カラオケを楽しみ、ファミレスで夕食を済ませると、俺たちは店をあとにした。

もう二〇時過ぎだ。街灯に照らされた通りに学生の姿はなく、サラリーマンが多く目につく。

飲み屋街に近いし、うろうろすれば酔《よ》っ払《ぱら》いに絡まれかねない。

「遅《おそ》くまで付き合わせちゃって悪かったわね」

「いいって。俺も楽しかったし」

二時間ほどカラオケを楽しみ、そのまま解散かと思いきや、ファミレスに誘《さそ》われたのだ。

白沢先生の家で食べないのかとたずねると、急に頼むと迷惑になると返されたのである。

琥珀だったら気にせず作ってくれるだろうが、一度でいいから友達とファミレスに行きたいと思っていたので、真白さんの誘いに乗ったというわけだ。

「でさ、ストレス発散はできた？」

「ええ。これでお父さんを蹴《け》らずに済むわ」

「蹴るって、物騒《ぶっそう》だな……」

「ほんとに蹴りはしないけど、それくらいイライラしてたのよ。あたしに干渉《かんしょう》しすぎなんだから」

「飯食ってたときも電話かかってきたしな。けっきょく出なかったけど、折り返し電話しなくていいのか？」

「いいわよ。お母さんに『図書館で勉強してから帰る』って連絡《れんらく》しておいたもの」

「そか。でももう遅いし、おばさんも心配してるだろうから早く帰らないとな。それとも白沢先生の家に泊《と》まるのか？」

「ううん。明日使う教科書がないから帰るわ」

「わかった。じゃあ駅まで送るよ」

「いいわよ。あたしの愚痴《ぐち》に付き合って疲《つか》れてるでしょうし……」

「全然疲れてないって。てか、夜遅《よるおそ》いのに女子をひとりで帰らせるわけにはいかないだろ。ほら、行こうぜ」

「う、うん。ありがと……」

真白さんを駅まで連れていき、改札前まで見送ると、俺は家路についた。マンションの五階にたどりつき、カギを開けようとしたところ――

がちゃり！

がちゃり！

と、同時に隣室《りんしつ》のドアが開いた。俺の帰宅に勘《かん》づき、琥珀と朱里《あかり》が出てきたのだ。……俺のことが好きすぎて、足音だけで俺だと特定できるようになったのかな？

「おかえり透真くん！」

「今日は遅かったのね。なにしてたの？」

「真白さんと遊んでたんだ。カラオケとファミレスに行ったよ」

俺の報告に、朱里がほほ笑《え》ましそうな顔をする。

「そう。一緒《いっしょ》に遊ぶ友達ができて本当によかったわね……」

「これからも義理の妹の真白ちゃんと仲良くしてあげてね」

朱里が聞き捨てならないとばかりに眉《まゆ》をひそめる。

「なぜ義理の妹なのですか？」

「わたしと透真くんが将来結婚《けっこん》するからです」

「日本では重婚《じゅうこん》は認められていませんが？」

「なぜ重婚の話を？」

「透真は私と結婚するからです」

「日本では重婚は認められていませんよ？」

堂々巡《どうどうめぐ》りになりそうなので、まあまあ、とふたりをなだめる。

「言い争いはそれくらいにして、今日はのんびり過ごそうぜ。うちに来るんだろ？」

同時にうなずかれ、ふたりを伴《ともな》って帰宅する。すでに食事は済ませたようで、ソファに腰《こし》かけ、まったりくつろぐことに。俺の肩《かた》にもたれかかってくるふたりの髪《かみ》を撫でたり、指と指を絡ませたり、太ももを撫でたりしていると、二二時を過ぎていた。

「そろそろ解散しようぜ」

「その前に水着風呂しない？」

琥珀が言った。

「水着風呂はふたりきりのときするって話しただろ？」

「そうだけど……ふたりきりになれる日はとうぶん来そうにないもん。赤峰《あかみね》先生が空気を読んでくれたらいいんだけど……」

「白沢先生こそ空気を読んでください。私は一時間以上も前から『ふたりきりになりたい

ガチャッ

「わたしは透真くんが帰ってきた瞬間から『赤峰先生今日は遠慮《えんりょ》してくださいオーラ』を放ってました」

オーラ』を放ってましたよ」


「微弱《びじゃく》すぎて感知できませんでした。さておき、白沢先生は透真とプールで遊んだんですから今回は遠慮してください」

「赤峰先生こそ水着風呂を楽しんだんですから遠慮してください」

両者ともに譲るつもりはないようだ。だったら喧嘩両成敗——

「今日はひとりで入るよ。水着風呂はふたりきりになれたときにな」

「この調子じゃいつになるかわかんないよ……愛しあってるふたりが自由にお風呂に入れないなんて、間違《まちが》ってるよ……。大人なんだから、少しは空気を読んでほしいよ……」

「その言葉、お返しします」

「さらにお返しします」

「さらにさらにお返しします」

お返し合戦を始めるふたり。

当然ながら決着はつかない。

このまま解散の流れになるかと思いきや、琥珀が「そうだ」と提案する。

「どっちと入浴するか、透真くんに選んでもらいませんか？」

「構いませんよ。私が勝つのは明らかですから」

「ちょい待ち。どっちかひとりは選べないぞ。何度も言うが、ふたりのことは同じくらい好きなんだから」

「選べないのは、透真くんが頭で考えてるからだよ」

「ほかにどこで考えろと？」

「下半身だよ」

最低じゃねえか。

「なるほど。身体は正直と言いますからね」

「はい。透真くんをよりえっちな気持ちにさせたほうが今日の勝者というわけです」

「その勝負、受けて立ちます」

話がまとまってしまった。

ここで異を唱えれば振り出しに戻ってしまうし、今日のところはふたりの提案に乗るとするか。

「で、俺はどうすりゃいいんだ？」

「透真くんは裸《はだか》で待ってて」

「なぜ裸に⁉」

「裸になってくれないと、えっちな気持ちになったかどうかわかんないもん」

「パンツくらいいいだろ……」

「全裸《ぜんら》のほうがわかりやすいわ」

「お願い透真くん。裸になって」

「わかったよ……」

まじまじ見つめられるなか、俺は全裸になった。ふたりに裸を見せるのは慣れているが、俺だけが全裸なのはめっちゃ恥《は》ずかしい。

「記念に撮影《さつえい》していいかしら？」

「ぜったいだめだ。スマホを落としたらマズいだろ」

「残念だわ……」

「でも目に焼きつけるのはいいよね？」

「見るのは構わんが……このままだと落ち着かないし、早いところ始めてくれないか？」

「そうね。さっそくルールを決めましょう」

ルールを決める前に服を脱《ぬ》がせるなよ……。

「先にエロい気分にさせたほうが勝ちなんだろ？　だったらふたりも裸になれよ」

そうすりゃ興奮するし、恥ずかしさも薄《うす》れる。とにかく俺ひとりが裸の状況《じょうきょう》をなんとかしたい。

「それだと決着はつかないよ。どっちがえっちな気持ちにさせたのかわからないもん」

「だったら先攻《せんこう》と後攻《こうこう》を決めて、ひとりずつ服を脱いでいけよ。で、俺が興奮した時点でより厚着をしてるほうの勝ちってことにしようぜ」

俺の提案に、ふたりは賛成する。じゃんけんで先攻後攻を決めることになり、勝利した琥珀が先攻を選択《せんたく》。

準備が整うと、俺をじっと見つめてきた。それから落ち着かなそうに朱里を見て、

「赤峰先生は別室で待機してください」

「なぜですか？」

「同僚《どうりょう》にまじまじと脱衣《だつい》を見られるのが恥ずかしいからです」

恥ずかしがるのが遅い！　エロいゲームを提案した時点で恥ずかしがろうぜ！

「気持ちはわかりますが、テコでも動きません」

「……わたしの身体に興味があるんですか？」

「医学的な興味すら皆無《かいむ》です。この場にとどまるのは、白沢先生が不正をしないか見張るためです」

「わたしは教師なんですから、生徒の前で不正なんてしません！」

心外そうに言う琥珀だけど……生徒を全裸にしてストリップするのはいいのか？

「わかりました。では透真から目を離しません。これなら構いませんね？」

「それでしたら構いません」

話がまとまり、朱里が俺の股間《こかん》をじっと見る。俺が落ち着かないんだが……。

「じゃ、じゃあ脱ぐね？」

「おう。脱いでくれ」

いまさら恥ずかしくなってきたのか、うっすら頬《ほお》を染めつつも、琥珀はカーディガンのボタンをぷちぷちと外していく。カーディガンを脱ぐと、カットソーの胸の膨《ふく》らみが目についた。あまりに巨乳すぎて服の上からでも形がくっきりと目立っている。

「ん……っしょ」

カットソーを脱ぎ、首を振って乱れた髪を整える。飾《かざ》り気《け》のないブラジャーに包まれた乳房《ちぶさ》が露《あら》わになり、俺の目は釘付《くぎづ》けだ。

ブラジャーからこぼれそうな豊満バストを見ていると、興奮せずにはいられない。

「……あ、大きくなってる。えっちな気分になってくれたんだね」

「いいえ、まだです。透真はこんなものではありません。この倍は大きくなります」

「言われなくてもわかってます。わたしだって見たことあるんですから。わたしのときは三倍サイズでしたけど」

「間違えました。私のときは四倍サイズでした。白沢先生のときはあまり興奮しなかったようですね」

「そういえば五倍だった気がします」

「すみません。六倍の勘違《かんちが》いでした」

俺をモンスターにしないでくれ！

「いいから続きを頼《たの》むよ」

「う、うん。いま見せてあげるね」

琥珀はうしろに手をまわし、ブラジャーのホックを外す。肩紐《かたひも》に手をかけ、ゆっくりと下ろすと――

ぶるん、とマシュマロみたいに柔《やわ》らかそうな重量感のある乳房がこぼれ落ちてきた。

「やった。大きくなった！」

「次は私の番ね。それを小さくしてほしいわ」

「すぐには無理だって。ひとまず琥珀は服を着てくれ。そんな格好でうろつかれたんじゃ収まるものも収まらねえよ」

「うんっ。透真くんが興奮してくれて嬉しいっ」

琥珀はご機嫌そうに声を弾《はず》ませ、いそいそと服を着る。

それでも興奮は収まらず、俺は麦茶で喉《のど》を潤《うるお》したりニュース番組を流したりして煩悩《ぼんのう》を追い払《はら》う。

元通りにしたところで、今度は朱里と向きあった。

琥珀が下半身を見つめるなか、朱里は脱衣を始める。いきなりパンツスーツのズボンを脱ぎ、シャツをめくり上げ、黒いパンツを見せてくる。

むっちりとした太ももとパンツを見せつけられ、興奮せずにはいられない。

「嬉しいわ……。えっちな気分になってくれたのね」

「全然小さいですけどね」

小さいとか言うなよ。

「わかってます。すぐに大きくしてみせます」

朱里は白衣を脱ぎ、ジャケットを脱ぐ。カットソーを脱いで上下ともに下着姿になると、焦《じ》らすようにブラジャーを外した。

ぷるぷると揺《ゆ》れる生乳を目にして、興奮が一気に最高潮に達する。

「……この場合、どうなるんだ？」

ふたりともパンツと靴下《くつした》を残したまま俺を興奮させたわけだが。

「引き分けだから、今日は三人で入浴するよ」

「そうするしかなさそうですね」

けっきょく入浴はするのかよ！　ツッコミそうになったが、ここで満足させとかないと毎日同じことを繰《く》り返しかねない。

「今日は一緒に入浴するけど、毎日は無理だからな？」

「……透真は、私と入浴するのが嫌《いや》になったの？」

「嫌じゃないよ。朱里との入浴も、琥珀との入浴も、どっちも好きだよ。好きすぎるから、ふたりと入浴すると興奮しすぎてしまうんだ」

毎日こんなに興奮させられたんじゃ身が持たない。

どきどきしすぎて頭と身体がおかしくなってしまいそうだ。

俺の気持ちを理解してくれたのか、ふたりは「入浴は月に一度の楽しみにする」と約束してくれた。

なぜか月に一度のイベントにされてしまったけど……俺としてもふたりとの入浴は好きなので、月に一度なら素直《すなお》に楽しめそうだ。

「水着に着替《きが》えてくるから待っててねっ」

「透真も水着に着替えてちょうだい」

ふたりはわくわくと声を弾ませ、それぞれの家に引き返す。

そして水着姿で我《わ》が家《や》に来た元カノたちと、俺は入浴を満喫《まんきつ》したのであった。

◆

金曜日の四時間目。

俺たち三年三組の面々は、家庭科室に集まっていた。

先々週の授業で予告されていた通り、今日は裁縫《さいほう》の勉強だ。琥珀が用意したぬいぐるみキットを用い、クラスメイトは楽しく裁縫を学んでいる。

ちなみにハムスターのぬいぐるみだ。カラーバリエーションが豊富で、俺は赤を選んだ。

裁縫キットには詳細《しょうさい》な説明書が入っていたが……男子のほとんどは開いてすらいなかった。面倒《めんどう》がってるわけじゃない。むしろ全員、やる気はマックスだ。高嶺《たかね》の花《はな》の琥珀と話す絶好のチャンスなので、あえて無知を貫《つらぬ》いているわけだ。

琥珀としても生徒にアドバイスをしたいようで、みんなの質問に笑顔《えがお》で答えてまわっている。

「なーんだ、思ってたより簡単じゃない」

同じ班の真白さんが、ハムスターの目となるボタンを布に縫《ぬ》いつけながら言う。

ぬいぐるみキットを受け取ったときは「ぜったいブサイクになるわ……」と不安がっていたが、ちゃんと可愛く作れている。

琥珀いわく、小学校の教材にも使われてるらしいからな。手芸に不慣れでも授業中には間に合うくらい簡単らしいし、間に合わなくても昼休みが終わるまでは琥珀が付き合ってくれるらしい。

琥珀にカッコイイ姿を見せるためせっせと縫っている男子もいれば、琥珀と話したくてわざと手こずっている男子もいる。

いずれにせよ、男女問わず全員楽しそうに授業を受けている。琥珀が慕《した》われている姿を見ると、俺も嬉しくなってくる。

「できた。ほらどう？　可愛くない？」

ハムスターの目を縫いつけ終わった真白さんが、得意気に見せてくる。

「可愛くできてるな」

「ありがと。なんか愛着が湧《わ》いてきたわ。透真くんは……手こずってるみたいね。裁縫が苦手なの？」

「苦手ってほど苦手じゃないけど……」

否定に説得力が出ないくらい、俺は手こずっている。真白さんの進捗《しんちょく》が七割とするなら、俺はせいぜい二割だ。

琥珀の気を引きたくてわざと手こずっているわけじゃない。

ただ、今朝からダルいのだ。頭がぼんやりするし、身体が重く感じる。正直、いますぐ横になりたい。ぬいぐるみ用の綿をかき集めて枕《まくら》代わりにしたいくらいだ。

「なんとか授業中に終わるよう頑張《がんば》ってみるよ。それより針に集中しないと、せっかくの可愛いハムスターがブサイクになっちゃうぞ」

「そうね。このまま可愛く仕上げてみせるわ」

真白さんがせっせと縫うとなりで、のろのろ針を動かしていく。ふわふわの生地《きじ》を縫いつけていると、琥珀が俺たちの班に近づいてきた。

「わからないところはありますか～？」

「はい先生！　僕《ぼく》わからないところあります！」

「オレもです！　オレもわからないところだらけです！」

男子たちが競《きそ》いあって質問する。それに丁寧《ていねい》に答えると、琥珀が俺の手元を覗《のぞ》きこんできた。

いいんですよ」

「虹野《にじの》くん、手こずってるみたいですね。縫い方がよくわからないなら、先生に質問して

「ああいえ、だいじょうぶです……」

やべ。声を出すのがダルくて素っ気ない返事になっちまった。

悲しませてしまったかと思いきや、琥珀は気遣《きづか》うような顔をした。

「虹野くん、声に元気がないですね。体調が悪いんですか？」

さすがは毎日接しているだけあり、俺《おれ》の変化に敏感《びんかん》だ。クラスメイトも俺がダルそうにしていることに気づいたようで、心配そうな顔をした。

「ほんとだ。虹野くん、ちょっと顔色悪いよ」

「お腹《なか》の具合でも悪いの？」

クラスメイトに気遣われるのは本当に嬉しい。だけど、だからこそ心配はかけたくない。

「いや、ちょっとダルいだけだ。心配してくれてありがとな」

なるべく明るい声で返事をしたが、琥珀はちっとも安心していなかった。

「具合が悪いなら無理しちゃだめだよ。針を扱ってるんだから。ぬいぐるみは宿題にするから、今日はもう休もうね」

小さい子どもをあやすような口調で琥珀が言う。いまやクラスメイト全員が心配そうに

こっちを見てるし、これ以上ここにいるとみんな落ち着かないだろう。

「すみません……キツいので保健室で休んできます……」

「ひとりで行けそう？　誰《だれ》かに付き添《そ》ってもらう？」

「だいじょうぶです。……悪いけど真白さん、あとでぬいぐるみキットを教室まで持っていってくれないか？」

「任せてちょうだい」

真白さんたちに見送られ、俺は家庭科室をあとにした。そのままのろのろとした歩みで保健室へ向かう。

「失礼します……」

ノックしてから保健室に入ると、朱里が一瞬嬉《いっしゅんうれ》しそうに顔を輝《かがや》かせた。が、すぐに心配そうな眼差《まなざ》しを向けてくる。

「体調が悪いのね？」

「はい。今朝からダルくて……ちょっとベッドで休ませてもらっていいですか？」

「ええ。そこに寝《ね》なさい」

ベッドに横たわると、朱里が歩み寄ってきた。保健室には俺たちのほかに誰もいないし、元カノとして接するつもりだろうか？

なってしまう。

琥珀がいない隙《すき》に甘《あま》えたい気持ちはわかるけど、いつ誰が来るかわからないので不安に

「これで熱を測りなさい」

添い寝されるかと思いきや、体温計を渡《わた》された。

言われた通りに熱を測り、体温計を返す。

「熱があるわね……。今日はもう早退したら？」

俺とふたりきりになれたのに早退を促《うなが》すとは……意外だけど、嬉しい。元カノではなく養護教諭《きょうゆ》として振る舞うってことは、俺の体調を心から心配してくれてるってことだから。

「授業に出たいですし……昼休みが終わるまで、ここで休ませてもらっていいですか？」

「もちろん構わないわ。ただし、本当にキツいときはすぐに教えること。早退するなら、私がタクシーを呼んであげるから」

「ありがとうございます……」

目を瞑《つぶ》るが、眠《ねむ》くはならない。横になっているだけでもだいぶ楽だが、昼休みが終わる頃になっても気怠《けだる》さは取れなかった。

五時間目は頭を使う数学で、六時間目は身体を使う体育だ。この体調じゃ授業についていけないが、早退してもいまとやることは変わらない。どうせだったらひとりで寝るより、

朱里のそばにいたい。そっちのほうが安心できる。

「すみません、赤峰先生……放課後まで休んでていいですか？」

「ええ。ゆっくりしていきなさい」

俺は再び目を閉ざした。じわじわと眠気《ねむけ》が押《お》し寄せて……朱里の呼び声に目を覚ます。

ついさっき六時間目が終わったらしい。

「だいじょうぶ？　ひとりで歩ける？」

「だいじょうぶです……ありがとうございます」

ダルさを感じつつ身を起こすと、教室へ向かう。クラスメイトに心配されつつ席につき、放課後になるとまっすぐ家に帰った。

そのままベッドに横たわり――……


枕元《まくらもと》で着信音が響《ひび》き、俺は目を覚ました。

スマホを手に取ると……朱里からの着信だ。

「はい……もしもし？」

『声が嗄《か》れてるわ。喉が痛いのかしら？』

「寝起《ねお》きで喉が渇《かわ》いてるだけだ。喉は痛くないよ」

『よかったわ。体調はどうかしら？』

「まだちょっとダルいかな」

『そう……。具合が悪いのに電話してごめんなさい』

「気にするなよ。心配してくれて嬉しいよ」

『心配して当然だわ。私は養護教諭で、透真の恋人《こいびと》なんだもの』

『恋人じゃないです！』

と、琥珀の声がする。

「ふたり一緒にいるのか？」

『遺憾《いかん》ながら、ふたりで地下駐車場《ちゅうしゃじょう》にいるわ』

どうりで声が反響《はんきょう》するわけだ。

まだ一八時を過ぎたばかり。ふたりとも部活の顧問《こもん》は務めてないので、仕事が終わってすぐに帰り、地下駐車場で鉢合《はちあ》わせたのだろう。

『白沢先生は透真の家に行こうとしているわ。ふたりで押しかけるのは迷惑だろうから、説得を試みているところよ』

『わたしがわがまま言ってるみたいに言わないでください。わたしのほうが先に駐車場にたどりついたんですから。透真くんに会う権利は、わたしが持ってるはずです』

『先に車を降りたのは私ですので、透真に会う権利は私が所有しています』

『わたしのほうが出入り口に近いところに駐《と》めました。本来ならわたしのほうが先に透真くんの部屋にたどりついていたんです』

『駆《か》けっこなら負けませんが？』

「ふたりとも仲良くしようぜ。耳元で言い争われたら頭に響くよ……」

『ご、ごめんなさい。白沢先生には私からきつく言っておくわ』

『赤峰先生にはわたしからきつく言っておくからね』

「きつく言わなくていいよ。俺を心配してくれてるだけなんだから。……で、今日は来るのか？」

俺がたずねると、ふたりは遠慮がちに言う。

『会いに行きたいわ。透真のことが心配だもの』

『だけど、ふたりで押しかけるのは迷惑だよね……？』

「迷惑じゃないよ。ふたりとも来ていいぞ」

言い争いこそしているが、ふたりとも声に元気がない。俺のことが心配で、口論どころじゃないのだろう。

愛する琥珀と朱里を不安なままにはさせたくない。元気な姿を見せて安心させないと。

『すぐに行くわ。じゃあもう切るわね。愛しているわ透真』

「ありがと。俺も愛してるよ」

『わたしも愛してるよ透真くん』

「ありがと。俺も——」

ぶち、と通話が切れた。

朱里の奴《やつ》、わざと切ったな？

いまごろ「どうして切っちゃうんですか！」「指が滑《すべ》りました」と言い争ってそうだが
……うちに来たら仲良くしてくれるよな？

ふたりの気遣いを信じていると、インターホンが鳴る。ドアを開けると、琥珀と朱里が立っていた。

「よく来たな。入ってくれ」

「邪魔《じゃま》しちゃってごめんね？」

「透真、寝てたのよね……？」

「寝てたけど、気にしなくていいよ。そんなに眠くなかったたし」

「だけど無理はしないほうがいいわ。顔色がまだ悪いもの。身体の具合はどうかしら？」

「保健室にいたときと変わらないかな。風邪って感じじゃないし、日頃《ひごろ》の疲れが出ただけだと思うぞ」

「ごめんなさい。わたしたちが裸にさせたから……」

「私たちが長湯をさせてしまったせいで、体調を崩《くず》してしまったのね……」

「ふたりのせいじゃないって。俺も楽しかったし、来月また水着《みずぎ》風呂《ぶろ》しようぜ」

なるべく明るい調子で言うと、ふたりは気が楽になったようだ。嬉しげな顔を見せつつ、俺を気遣ってくる。

「とにかく寝てたほうがいいわ。ベッドまで運ぶから、背中に乗ってちょうだい」

「おんぶとかしなくていいって。自分で歩けるから」

「だったら、わたしが肩を貸してあげる」

「私の肩を使ってちょうだい」

「ありがとな。ふたりの肩を使わせてもらうよ」

ふたりの肩に手をまわす。手が盛り上がった胸に触《ふ》れ、ちょっとだけ興奮しつつ寝室《しんしつ》へ。

ベッドに寝ると、ふたりが心配そうに見つめてきた。

「掛《か》け布団《ぶとん》はないの？」

「押し入れに仕舞《しま》ってるよ」

「寒くない？　出してあげよっか？」

「さすがに暑いって。毛布一枚あれば充分《じゅうぶん》だ」

「熱があるから暑く感じるだけかもしれないわ」

「透真くん、熱あるの？　ちょっといい？」

琥珀がおでこに手を当ててくる。

「けっこう熱いね……」

続いて朱里がおでこをくっつけてくる。

「まだ熱があるようね」

「わたしが確かめたのに赤峰先生が熱を測る必要はなかったのでは？　しかも、おでこをくっつけるなんてズルいです」

「ズルくないです」

「でしたらわたしもおでこで熱を測ります」

「その必要はありません。養護教諭である私がすでに確認《かくにん》しましたので」

「セカンドオピニオンです」

琥珀がおでこをくっつけてきた。

「熱があるね……。食欲はある？」

「ああ。琥珀の飯が食いたいよ」

「うん。任せてっ。おかゆとうどん、どっちがいい？」

「おかゆで頼む」

「わかった。じゃあ作るから……赤峰先生は、透真くんを見ててください」

琥珀に真剣《しんけん》な顔で頼まれ、朱里は意外そうに目を丸くする。俺も意外だ。まさか琥珀が俺と朱里をふたりきりにするとは思わなかった。

「私に任せてくれるのですか？」

「こういうのは養護教諭に任せるのが安心ですし、透真くんをひとりにはしておけませんから。その代わり、おかゆはわたしが食べさせます」

「わかりました。食事に関しては、家庭科教師の白沢先生にお任せします。力を合わせて透真を元気にしましょう」

「はい。わたしたちが協力すれば、透真くんもすぐに元気になってくれるはずです」

いがみあっていた元カノたちが協力するなんて……。これも怪我《けが》の功名ってやつか？

さておき、役割分担をしたふたりはさっそく行動を開始する。朱里が俺に添い寝して、琥珀がなにか言いたげにしつつも退室しようとした、そのとき。

インターホンが響いた。

「……」

「……」

「……」

俺たちは同時に息を潜《ひそ》め、動きを止めた。互《たが》いに目を見合わせ、顔を青ざめさせていく。どうやら全員、来訪者の正体に察しがついている様子だ。

琥珀がおろおろしながら言う。

「ど、どうしよ……。これって真白ちゃんだよね？」

「な、なんらかの勧誘《かんゆう》かもしれないわ……」

「誰が来たにしろ、俺が対応するから。ふたりは万が一に備えて隠《かく》れててくれ」

ふたりがうなずき、再びインターホンが鳴る。俺はそろりそろりと玄関《げんかん》へ向かい、ドアスコープから外の様子をうかがってみる。

……真白さんだった。

一向に応答がないため、俺の身によからぬことが起きたのではと思っているのだろう。不安そうな顔をして、再びインターホンを押した。

その手には買い物袋《ものぶくろ》が見える。わざわざ見舞《みま》いに来てくれたのか……。

居留守を使うのが安全だけど、心配して来てくれたのに追い返すのは悪いよな。琥珀と朱里はいまごろ別室に隠れているだろうし、寝室に招くくらいなら問題ないか。

シューズラックにふたりのクツを隠してからドアを開ける。

「よ、よう、真白さん！　見舞いに来てくれたのか？」

「ええ。なかなか出てこないから寝てるのかと……もしかして起こしちゃった？」

「いや、トイレにこもってただけだ」

「お腹の具合も悪いの……？」

「腹は痛くないよ。身体がダルいだけだ」

「そう。今日一日は安静にしないとね。食欲はどう？」

「いつも通りかな。そろそろ飯にしようと思ってたところだ」

「ちょうどよかったわ。桃缶《ももかん》買ってきたから用意してあげるわね」

ありがとな、と礼を告げて家に上げる。しゃがんでクツを脱ぐ真白さんを見下ろしつつ、脳をフル稼働《かどう》させる。

いま我が家には元カノがふたりいるわけで。養護教諭で親戚《しんせき》でもある朱里はともかく、琥珀が見つかるのはマズい。当然ながら、朱里も見つからないに越《こ》したことはない。

真白さんの帰るタイミングがわからない以上、琥珀と朱里にこっそり帰ってもらうのが一番安全だ。

玄関で少し時間を稼《かせ》いだし、大きい声で『真白さん！』とアピールした。ふたりの耳に来訪者の名が届き、慌《あわ》てて別室に避難《ひなん》したはず。

　どの部屋にいるかはわからないが、もう寝室にはいないはず。おそらく最も真白さんが来そうにない脱衣所に隠れているはずだ。

　となると真白さんを寝室へ連れていくべきか。そして俺が気を引いている隙に、琥珀と朱里にはこっそり家を出てもらおう。

「桃缶を出す前に、洗面所借りていい？」

「な、なんで洗面所⁉」

　洗面所は脱衣所にある。真白さんを立ち入らせるのはあまりに危険だ。

「食べ物を扱《あつか》うから手を洗いたいのよ」

「だ、だったらキッチンで手を洗えばいいんじゃないか？」

「キッチンでもいいけど、石けんある？」

「キッチンにはないが……」

「じゃあ洗面所がいいわ」

「わ、わかった。だったら洗面所を使ってくれ！」

　必要以上に声を張り上げ、朱里と琥珀に『いますぐ脱衣所から浴室に移動してくれ』と伝える。……どうやら無事に伝わったようで、脱衣所には誰もいなかった。

一安心しつつ、真白さんと寝室へ。

「……」

寝室を訪《おとず》れ、俺は硬直《こうちょく》してしまった。

真白さんが不思議そうに俺の横顔を見つめてくる。

「なんで立ち尽《つ》くしてるの？」

「あ、ああ、いや、その……」

ベッドにですね、さっきまでなかった冬用掛け布団があるわけですよ。そこに不自然な膨らみがあるわけですよ。

……まさかとは思うが、ベッドに隠れてないよね？

で、でもまあ、さすがに思い過ごしだよなっ！　俺の体調を気遣って掛け布団を出してくれただけだよな！

そうであってくれと祈《いの》りつつ、ベッドに上がる。真白さんに見られないように少しだけ掛け布団をめくってみると――

琥珀と朱里と目が合った。

ふたりセットかよ！　せめてどっちかひとりにしようぜ！

こうなった経緯《けいい》については予想がつくけどさ！　こんなときまで張り合わないでくれ！

「どうした の透真くん？　寝ないの？」

「も、もちろん寝るよ！」

ふたりを蹴《け》らないように気をつけながら布団《ふとん》に身体を潜《もぐ》らせる。と、ふたりが布団からはみ出さないようにくっついてきた。

めっちゃ暑い……。

「六月にそれって暑くない？」

「ちょ、ちょっと寒気がしてな！」

「そう……。風邪《かぜ》かしら？」

「風邪って感じじゃないよ。寝ればすぐに治るって」

「だけど顔色が悪いわよ。学校にいるときより悪化してるわ」

そりゃ元カノがベッドに潜んでいるからな！　この状況は心臓に悪すぎるぜ！

ふたりの女教師をベッドに連れこみ、しかもそのうちのひとりは真白さんの姉なのだ。

バレでもしたら真白さんの俺を見る目は変わるだろう。

元カレであることは隠し通せても、生徒とイチャついている事実に変わりはない。姉を見る目も変わってしまい、白沢姉妹の仲に亀裂《きれつ》が入りかねない。

なんとしてでも元カノの存在を隠し通さねば！

「そうそう。栄養ドリンクと飲むヨーグルトとスポーツドリンクを買ってきたわ」

「ありがと！　あとでもらうよ！　そ、それより桃缶が食べたいかな！」

「いま用意してあげるわ。缶切《かんき》りはキッチン？」

「キッチンの一番上の引き出しに入ってるよ」

買い物袋から桃缶を取り出すと、真白さんが部屋を出る。

足音が遠のいたところで、俺は掛け布団をめくり上げた。

「言い訳があるなら手短に頼む」

俺にしては珍《めずら》しく、説教モードだ。

ふたりは俺の胸元《むなもと》にしがみついたままシュンとする。

「ごめんなさい……真白さんと鉢合わせちゃいそうで、寝室を出るに出られなかったのよ……」

「真白ちゃんが来たのはわかったけど、玄関で長話をしてるかまではわからなかったから……」

「だとしても、ほかに隠れる場所はあるだろ……」

「最初は押し入れに隠れようと思ったわ。そのために掛け布団を出したのよ」

「でもね、スペース的にぎりぎりふたり入れるかどうかだったの……」

「もちろん頑張って入ろうとしたわ……。だけど焦っていたから、押し入れの天井《てんじょう》に頭をぶつけてしまったわ……」

「怪我はないか？」

「ええ。幸い怪我はないわ」

「そっか……。ならいいんだ」

「私たちを許してくれるの？」

「当たり前だろ。ふたりに悪気がなかったことがわかったんだから。こうなったからには、俺たちは一蓮托生《いちれんたくしょう》だ。とにかく真白さんにバレないように――」

いきなりドアが開き、真白さんが帰ってきた。

「ど、どど、どうかした⁉」

「確認したいことがあって。……透真くん、どうして焦ってるの？」

「べ、べつに焦ってないよ！　それより確認したいことって⁉」

まさか『女のひとの声が聞こえてきたんだけど誰かいるの？』とかじゃないよな⁉

「おかゆとうどん、どっちがいい？」

よ、よかった……。ものすごく平和的な確認だ。

「わざわざ作ってくれるのか？」

「ええ。料理には自信がないけど、おかゆとうどんくらいなら作れるわ。……迷惑《めいわく》だったかしら？」

「そんなわけないだろ。マジでありがたいよ！」

お腹ぺこぺこだし、料理してもらっている隙に琥珀と朱里を避難させられるしな。

「おかゆの気分かな」

「おかゆね。了解《りようかい》したわ」

真白さんが部屋を出る。ドアの閉まる音を聞き、琥珀がもぞもぞと顔を出した。

「わたしが作りたかったのに……」

「琥珀にはまた今度作ってもらうよ。とにかく、いまのうちに押し入れに移動してくれ。ギュウギュウ詰《づ》めになるだろうけど、ベッドにいるより安全だからな」

ふたりはうなずき、ベッドから出ようとしたところで――ふいに着信音が響き、心臓が飛び出そうなほどびびっちまった。

「だ、誰のスマホだよ？」

「私はマナーモードにしているわ」

「ご、ごめん。わたしだ。すぐ切るから」

琥珀は手探《てさぐ》りでポケットからスマホを取り出すとすぐさま電源を切った。

「誰からだったんだ？」

「わかんないよ。画面を見ずに――」

またしても突然《とつぜん》ドアが開き、ふたりが咄嗟《とっさ》に頭を引っこめる。

「ず、ずいぶん早いな！　もうできたのか⁉」

「ううん。まだよ」

「食器の場所がわからないとか？」

「そうじゃなくて……。お姉ちゃんに美味《おい》しいおかゆの作り方を訊《き》こうとしたんだけど、繋《つな》がらなかったの。風邪を引いたときお姉ちゃんのおかゆで元気になったから、透真くんにも食べさせたくて……」

「そんなの気にしなくていいぞ。真白さんのオリジナルおかゆが食べたいよ」

真白さんは嬉《うれ》しそうにはにかみ、

「まずは桃缶《ももかん》を持ってくるわね」

そう言って部屋をあとにすると、すぐに戻《もど》ってきた。桃を盛りつけた皿を俺に渡すと、

「おかゆ作るから、なにかあったらすぐに呼んでね」と部屋を出る。

「こ、これでしばらくは安全かしら？」

「おかゆって何分くらいでできるんだ？」

「作り方にもよるけど……お米って炊《た》いてある？」

「今朝な。ふたりが来ると思って多めに炊いたから、まだかなり残ってるぞ」

「それなら一〇分から一五分くらいでできるよ」

「それでも充分だ。ふたりとも、いまのうちに――」

不意打ち気味にドアが開いた。

「ど、どうかしたのか？」

「鶏《とり》ガラスープの素って家にある？」

「あ、ああ、それなら冷蔵庫のドアポケットに入ってるぞ」

「ドアポケットね。確認してみるわ」

そう言って、真白さんが部屋を出ていった。

さっきから心臓に悪すぎるぜ……。俺に気を遣《つか》ってくれてるのか足音もかなり小さいし、いつドアが開くかわからない。

これじゃ琥珀と朱里を出そうにも出せないぞ。

「ど、どうすればいいかしら？」

「出ようとしたらドアが開きそうだよ……」

「だな。こうなりゃ現状維持《いじ》だ。とにかくおとなしくしててくれ」

ぼそぼそと告げ、ふたりを布団のなかに隠す。

いつドアが開くかとびくびくしていたが一向に開かず、一五分ほど過ぎたところで真白さんがトレーを運んできた。

「お待たせ」

「ありがと！　良い匂《にお》いだな！」

「鶏ガラスープのたまごがゆよ。スープが多すぎてお茶漬《ちゃづ》けみたいになっちゃったけど……」

「そっちのほうが俺好みだよ！　さっそく食べていいか？」

「もちろんよ」

掛け布団がめくれないようにゆっくりと上半身を出し、枕をクッション代わりにする。

俺ののろのろとした動きを見て、真白さんが気遣うように声をかけてきた。

「ものすごくダルそうね……。身体を動かすのがキツいなら、食べさせてあげるわよ？」

「あ、ありがと。じゃあ頼《たの》むよ」

任せてちょうだい、と嬉しげな声で言うと——

「失礼するわね」

真白さんがベッドの側面に座《すわ》る。

……だいじょうぶかな？　琥珀の頭、押《お》し潰《つぶ》されてないよな……？

どうやらギリギリセーフだったようで、琥珀の悲鳴は聞こえなかった。

スープがこぼれないよう俺に深皿を近づけ、スプーンでおかゆをすくうと、口に運んでくる。

ぱくっと一口食べた瞬間《しゅんかん》、口中に熱が迸《ほとばし》った。

「あっちゅッ!?」

「ご、ごめんなさい。できたてだから……」

「い、いいよ、できたてのほうが美味《うま》いから」

「そう言ってもらえるのは嬉しいけど……看病しに来て悪化させるわけにはいかないわ。だから……おかゆ、ふーふーしてもいいかしら？」

真白さんは照れくさそうにちょっと目を伏《ふ》せている。ふーふーって、恋人にしてもらうことだからな。朱里や琥珀にしてもらったときは純粋《じゅんすい》に嬉しかったが、友達にされるのは気恥《きは》ずかしさがある。

断りはしないけどな。そんなの真白さんに悪いし、冷ましてもらわないと口内がでろんでろんになっちまうし。

「お願いするよ」

俺が頼むと、真白さんが頬《ほお》を染めてふーふーする。

「はい、あーん」

「あ、あーん……」

ぱくっと一口。ほどよい熱さになったことで、おかゆの味を感じることができた。味が濃《こ》くなるのを懸念《けねん》したのか、鶏ガラの味はほとんどしない。卵はひとつしか使わなかったようで、ほのかに風味を感じるだけだ。

「ど、どう？　美味しい？」

「めっちゃ美味い。優《やさ》しい味付けだな。真白さんの人柄《ひとがら》が滲《にじ》み出てるよ」

「気に入ってもらえて安心したわっ。どんどん食べさせてあげるわねっ」

ふーふーとぱくぱくを繰《く》り返し、あっという間に食べ終える。

「おかわりいる？」

「いや、いいよ。もう満腹だし――」

ぐぅ、と響く腹の音。

「遠慮《えんりょ》しなくていいのよ」

ち、違《ちが》う！　いまのは俺じゃない！　琥珀か朱里が鳴らしたんだ！　――なんて言い訳できるわけがなく、さらに腹の音が響く。

こうなりゃ食うしかないか……。

「ご、ごめん。実は腹が減ってるんだ。また美味しいおかゆを作ってくれないか？」

「もちろんよっ。おかわり作ってくるわね」

真白さんは嬉しげに声を弾《はず》ませ、部屋を出ていった。

「やっぱり押し入れに隠れてくれ」

すかさず告げる。おかゆ作りに集中すれば一五分は来ないことがわかったし、このままだと延々とおかわりが運ばれてくることになるから。

「う、うん。わたしもそれがいいと思う……サウナに入ってるみたいだもん……」

「脱水症状《だっすいしょうじょう》になってしまうわ……」

「これ飲んでけよ」

スポーツドリンクを渡すと、ふたりはまわし飲みをする。そうして喉《のど》を潤《うるお》すと、琥珀と朱里は押し入れに入っていった。

ふぅ、これでひとまず安心だ。見つかる可能性がぐっと減り、気が楽になってきた。

栄養ドリンクを一気に飲み干し、ほどなくして真白さんが戻ってくる。さっきと同じく食べさせてもらい、無事にごちそうさまできた。

「ありがとな。美味かったよ」

「どういたしまして。さっきよりずいぶん顔色良くなったわね」

「真白さんが看病してくれたおかげだよ」

「そうっ。来ようかどうか迷ったけど、来てよかったみたいね」

「ああ。真白さんが来てくれて助かったよ。おかげで元気になったし……もうひとりでもだいじょうぶだから、そろそろ帰ったほうがいいんじゃないか？　駅まで送るからさ」

もう二〇時過ぎ。窓の外は真っ暗だ。わざわざ看病しに来てくれた真白さんをひとりで帰らせるわけにはいかない。

「あたしの心配はしなくていいわ。今日はお姉ちゃんの家に泊《と》まるもの」

「そっか。なら安心だな」

琥珀には連絡《れんらく》がつかないが、いざとなったら合鍵《あいかぎ》で家に入ればいいだけだしな。

さておき。

「家にいてくれるのはいいけどさ、真白さん飯食ってないだろ？　なんか適当に摘《つ》まんでいいぞ」

「ううん。お姉ちゃんの家で食べるわ。残業だろうけど、そろそろ帰ってくる頃《ころ》だもの。もう一度連絡してみるわね」

電話をかけるが、当然琥珀には繋がらない。

「出ないわね……」

「きっと仕事に集中してて出られないんだよ。先に食べたほうがいいぞ。じゃないと真白さんまで身体を壊《こわ》しちまうからな」

「そうね。もうお姉ちゃん家に行くとするわ。あたしは帰るけど……なにかあったら電話していいからね」

「頼《たよ》りにしてるよ。……家まで見送ろうか？」

「いいわよ、ひとりで帰れるから。じゃあまたね」

「ああ、またな」

ひとまず玄関まで真白さんを見送り、ドアが閉まったところで、深々とため息をつく。

冷や冷やしたけど、バレずに済んだ。荒療治《あらりょうじ》だが、アドレナリンが大量に出てダルさも吹《ふ》っ飛んだ。

「……ふぅ。心臓に悪い一日だったぜ」

これにて一件落着だ。あとは頃合《ころあ》いを見計らい、琥珀と朱里を家に帰すだけで――

ピーンポーン。

な、なぜインターホンが鳴る⁉　家に帰ったはずでは⁉　不安がこみ上げるなかドアを開けると、真白さんが申し訳なさそうに立っていた。

「ど、どうかしたのか？」

「実は……合鍵を家に忘れちゃったみたいなの」

「そ、そっか。じゃあ家に帰らないとな。駅まで送るよ」

「いいわよ、無理しなくて」

「無理とかしてないって。もう元気満々だからさ！」

「だとしても今日一日は安静にしなきゃだめよ。それに家には帰らないわ。もうちょっとすればお姉ちゃんも帰ってくるはずよ」

事情を知らない以上そう考えるのも無理ないが、このままでは琥珀は家に帰れない。

かといって琥珀が【今日は帰れない】とメッセージを送れば、真白さんは怪《あや》しむだろう。

——元カレと密会しているのでは、と。

そんな疑いを持たれないようにするためにも、早く琥珀を帰さなければ。そのためには真白さんをこの場から遠ざける必要があるのだが……

「お姉ちゃんが帰るまで、透真くんの家にいてもいい？」

「もちろん構わないぞ。腹減ってるだろ？　飯作ろうぜ」

いま俺《おれ》にできることは、真白さんを寝室から遠ざけることだけだ。

俺が近くで監視《かんし》すれば、ふたりが見つかることもあるまい。

「寝《ね》てなくていいの？」

「平気だって。完全復活したからな。美味い飯を作ってくれたお礼に、俺が飯を作ってもいいくらいだ」

「透真くんが？」

「ああ。そのあいだ真白さんはゆっくり……」

ふと名案が閃《ひらめ》き、俺は続ける。

「ゆっくり……風呂にでも入るといいよ」

「お、お風呂に？　透真くんのお家で……？」

ま、まあ戸惑《とまど》うわな。俺だって女友達を風呂に誘《さそ》うのはどうかと思うし。

けど、これが一番確実な方法だ。

まさか風呂に入ってる最中に素《す》っ裸《ぱだか》で出てくるわけがないのだから。風呂に入ってくれさえすれば、琥珀と朱里を解放できる。

「で、でも悪いわよ」

「悪くないって。俺を看病して疲《つか》れてるだろうしさ。風呂に入ってさっぱりしようぜ」

「だったら透真くんから入っていいわよ」

「俺はあとで入るよ。見たい番組があるからな」

「録画しないの？」

「リアルタイムで見るのがいいんだよ！　とにかく遠慮はしなくていいから！　ほらっ、風呂に入ろうぜ！　体育で汗《あせ》かいただろ？」

「あ、あたし、汗臭《あせくさ》い？」

「そ、そういう意味で言ったんじゃないって！」

「ほんとかしら？　透真くん、無理してない？」

「無理とかしてないって！　真白さん、めっちゃ良い匂いだぞ！　俺の好きな匂いだ！」

「も、もうわかったから。そんな褒《ほ》めなくていいわよ……」

恥《は》ずかしいじゃない、と真白さんが赤らんだ顔をうつむかせる。それからチラッと顔を上げ、

「……ところで、着替《きが》えって貸してもらえる？」

「もちろん貸すよ！　ジャージでいいか？」

「ありがと。なんでもいいわ」

入浴してもらう流れになり、怖々《こわごわ》と寝室のドアを開ける。押《お》し入れが閉まっているのを確認すると、タンスからタオルとジャージを取り出した。

真白さんに渡《わた》し、脱衣所《だついじょ》へ入ってもらう。

廊下《ろうか》で耳を澄《す》ませると……衣擦《きぬず》れの音が聞こえ、ドアの閉まる音が聞こえ、シャワーの音が聞こえてくる。

よし、いまだ！

「ひぅ」

「んっ」

寝室の押し入れを開けると、ふたりが眩《まぶ》しそうに目を細める。

「真白さんが風呂に入ってるうちに帰ってくれ。クツはシューズラックのなかだ」

「そ、そうするわ。今日は迷惑かけてごめんなさい」

「いいって。来てくれて嬉しかったよ」

「帰ったらすぐに真白ちゃんに連絡するね」

「そうしてくれ。琥珀のおかゆはまた今度食べるよ」

「うんっ。美味しいのを作ってあげるね」

ふたりを連れて部屋を出る。そのまま玄関へ向かい、無事にふたりを見送ることに成功した。

やり遂《と》げた……やり遂げたぜ！

凄《すさ》まじい達成感を抱《いだ》きつつソファに腰《こし》かけ、バラエティ番組を見ながら待つことしばし。

真白さんがぶかぶかのジャージ姿でやってきた。

「早かったな」

「ちょっと落ち着かなくて。次、透真くん入る？」

「そうするよ。あ、それと、さっきスマホが鳴ってたぞ」

真白さんはカバンからスマホを取り出す。

「誰《だれ》からだった？」

「お姉ちゃんから。さっきまで熟睡《じゅくすい》してたって」

なるほど、寝てたことにするわけか。学校にいなかったわけだし、残業を理由にすれば嘘《うそ》がバレるかもしれないもんな。

「今日はもう白沢先生の家に泊まるんだろ？」

「そうするわ。ジャージは明日洗濯《せんたく》して返すわね」

「わかった。今日は本当にありがとな」

「どういたしまして。また風邪引いたら頼ってくれていいからね」

「そのときは真っ先に真白さんを頼るよ」

「ええ、そうしてちょうだいっ」

真白さんは嬉しげにほほ笑《え》むと、我《わ》が家《や》をあとにしたのだった。

《第四幕　校長に直談判《じかだんぱん》》

梅雨《つゆ》真っ盛り。激しい雨音をBGMに朝ご飯を作っていると、インターホンが鳴った。

この時間に来るとしたら、朱里《あかり》か琥珀《こはく》しかいない。

こんな時間になんの用だろ？　どしゃ降りだから車で送る、とか言い出すのかな？

だとしたらみんなに関係を勘《かん》ぐられないためにも断るしかないのだが……。

などと考えながらドアを開けると、朱里が部屋に駆《か》けこんできた。

ジャージ姿で、両手にパンツスーツとカバンという異様な格好だ。

「どうしたんだ朱里？　そんな格好で……」

「に、逃《に》げてきたのよ……」

「逃げてきたって……なにから？」

「例の虫よ……」

「ああ、例の……」

もう六月半ばだしな。しかも朱里の部屋は散らかってるんだ。黒光りするあいつが出て当然だろう。

「こ、ここにいていいかしら？」

「おう。いいぜ」

「助かるわ……。透真《とうま》の部屋にはいないわよね？」

「ここに越してきてからは一度も見てないぞ」

「理想的な住まいだわ……」

「掃除《そうじ》を徹底《てってい》してるし、琥珀の家にも出ないだろうぜ。ま、これに懲《こ》りたら部屋を綺麗《きれい》にすることだな。俺が手伝ってやるからさ」

「頼もしいわ……」

朱里は俺に惚《ほ》れなおしたみたいだ。

……実を言うと俺も黒光りするあいつが苦手だが、元カノの前で怯《おび》えるのはかっこ悪いしな。

「で、飯は済ませたのか？」

「まだ食べてないわ。朝起きて、顔を洗おうと脱衣所に行ったら、足もとをサーッと走り去っていったの」

「んじゃ食ってけよ」

「いいの？」

「当たり前だろ。ちゃんと食べないと夏バテしちまうぞ」

「優しいわ……」

さらに惚れなおされる俺。愛《いと》おしそうに見つめられつつウィンナーを焼き、目玉焼きを作り、ご飯をよそって一緒《いっしょ》に食べる。

梅干しをかじって酸《す》っぱそうな顔をしつつ、そういえば、と朱里が言う。

「掃除はいつ手伝ってくれる？」

「平日は厳しいし、休日だな。今度の土曜とかどうだ？」

「ということは、土曜日はずっと透真と一緒にいられるのね？」

「それってつまり、一日がかりになるくらい散らかってるってことだよな……？」

「ええ。散らかり放題よ」

俺と日中過ごせるからか、朱里はにこやかに報告する。

朱里の助けになれるのは嬉しいが……これを機に日頃《ひごろ》の掃除を心がけてくれるともっと嬉しい。

「できれば土曜日までそばにいたいわ」

「うちに住むってことか？」

「ええ。家に帰れば虫に襲《おそ》われるもの……。しかも脱衣所に出るなんて。えっちな虫だわ。私の裸《はだか》は透真にしか見せたくないのに……」

さすがに虫に嫉妬《しっと》はしないが……。

ともあれ、これじゃ朱里は入浴できない。近所に銭湯もないし、家に帰れば黒光りする虫がいるんだ。恐怖《きょうふ》で安眠《あんみん》できないだろう。

「わかった。土曜までうちにいろよ」

「ほ、ほんとにいいの？」

「おう。つっても、ふたり暮らしにはならないがな。朱里が泊まることを知ったら琥珀も泊まるに決まってるしさ」

「できればふたりきりがいいけれど……この際だから、白沢《しらさわ》先生が一緒でも構わないわ」

よほど家に帰りたくないのだろう。ちょっぴり残念そうにしつつも朱里は三人暮らしを受け入れてくれた。

「ごちそうさま。美味しかったわ」

「どういたしまして。片づけは俺がするから、朱里は自分のことをしていいぜ。タオルはタンスの上から二段目で、歯ブラシは洗面所の戸棚《とだな》にあるのを使ってくれ」

「なにからなにまでお世話になるわ」

「気にするなって。問題は明日の仕事着と下着だが……自分で取りには行けないよな？」

「あそこに行くのは怖《こわ》いわ……」

「だよな……。だったら夜までに俺が回収しとくから、カギを貸してくれ」

「本当に助かるわ。お願いするわね」

カギを受け取ると、俺は朝食の片づけに取りかかる。

朱里と入れ違いに顔を洗い、制服に着替《きが》えてパンツスーツ姿の朱里と合流。

「雨が降ってるし、学校まで送ってあげるわ」

「歩いていくよ。一緒に登校したら噂《うわさ》されちまうだろ」

「せめてエントランスまでは一緒に行きたいわ」

「それくらいならお安い御用《ごよう》だ」

そうして俺は雨の降りしきる外に出て――

「あら透真くん。おはよう」

ばたん！　真白《ましろ》さんを目視で確認《かくにん》した瞬間に勢いよくドアを閉ざす。ひゃ、とびっくりしたような声がドアの向こうから聞こえてきた。

危ねえ……。あと数秒出るのが早ければ真白さんに目撃《もくげき》されてたところだぜ……。

「いま悲鳴が聞こえなかった？」

「え？　気のせいだろ！　それよりいつの間に来てたんだ!?」

「昨日の夜よ。あたし、家出したの」

……家出？

「校長先生と喧嘩《けんか》したのか？」

「ええ。前々から鬱陶《うっとう》しいとは思ってたけど、昨日はほんっとうざかったわ。あのひと、あたしの部屋に勝手に入ってきたのよ？」

「真白さんがいないときに？」

「ううん。友達と電話してたら、ノックもせずに入ってきたの。ほんっと気持ち悪い！　しかも『出ていけ』って怒鳴《どな》ったら、『怒鳴ることないだろう』とか言うの！　悪びれもせずに！」

「校長はなにがしたくて部屋に来たんだ？」

「あたしが彼氏《かれし》と電話してるかもと思って、心配して様子を見に来たとか言ってたわ！　仮に彼氏と電話してたとしても様子を見に来る意味がわかんないし、そもそも彼氏なんかいないって何度も言ってるのに！」

「なんで校長はそこまで疑うんだろうな？」

「あたしがクッキー焼いたりプールに出かけたりしてるからでしょうね」

やっぱりそうだよな……。

「もちろん事情は話したわ。ほんとは話す義理もないけどね！　なのにあのひと『真白が琥珀にクッキーを？　真白は作ってもらう側だろ』だの『琥珀とプールに行く？　琥珀はプールが嫌《きら》いだろ』だの、ちっとも信じようとしないの。おまけに『彼氏と遊んでたから成績が下がったんだろ』とまで言われたわッ！　あたしが勉強に集中できなかったのは、お父さんがしつこく干渉《かんしょう》してくるからなのに！」

真白さんは腹立たしげだ。

なにか言葉をかけてあげたいけど……俺には愚痴《ぐち》を聞いてすっきりしてもらうことしかできない。

「お待たせ真白ちゃん——虹野《にじの》くんもおはよう！」

と、琥珀が出てきた。

「今日はお姉ちゃんの車で登校するんだけど、透真くんも一緒に来る？」

「いや、俺は徒歩で行くよ」

部屋に朱里を残してるし。

「遠慮しなくていいわよ。雨降ってるんだから」

「ありがと。でも俺、雨のなか歩くのが好きなんだよ」

「そう。クツを濡《ぬ》らさないようにね」

「ふたりとも、エレベーター来たよ～」

「はーい。ほら透真くん、行くわよ」

「お、おう。行こうか」

「……カギ閉め忘れてるわよ」

「そ、そうだった。忘れてたよ」

がちゃり、とカギを閉め、エレベーターへ。一階に降りたところで、思い出したように言う。

「あっ、やべ！　忘れ物しちまった！　取りに行ってくるよ！」

「そう。遅刻《ちこく》しないようにね」

「だいじょうぶだって！　じゃあまた学校で！」

ふたりに見送られ、俺は五階へ戻った。カギを開けると、朱里が玄関《げんかん》に座りこんでいた。

声を潜《ひそ》め、怖々とたずねてくる。

「……ふたりはいない？」

「もう行ったよ」

朱里は安堵《あんど》の息を吐《は》き、腰を浮《う》かした。

「透真が戻ってきてくれてよかったわ。カギがないいんじゃ出るに出られないもの」

カギがなくても外に出ることはできるけど、不用心になっちまうしな。

「こんなことは滅多《めった》に起きないだろうけど……念のため、合カギを渡しとくよ」

「い、いいの？」

「朱里は土曜日までうちに住むわけだしな。持ってて損はないだろ」

「なんだか同棲《どうせい》しているみたいだわ……」

財布《さいふ》に入れておいた合カギを渡すと、朱里は嬉しそうにぎゅっと握《にぎ》りしめるのだった。

◆

その日の夜。

カレーを作っていると、朱里が帰ってきた。

「おかえり」

「ただいま。……ふふ」

「ご機嫌《きげん》だな。いいことあったのか？」

「違うわ。お家に帰ったら透真がいるんだもの。付き合ってるみたいで素敵《すてき》だなと思ったのよ。ねえ、おかえりのキスをしてほしいわ」

帰宅早々におねだりされ、朱里をぎゅっとハグする。ディープキスを愉《たの》しむと、朱里はとろんとした顔で、

「透真、どんどんキスが上手になってるわね……」

「ほとんど毎日キスしてるからな」

突然真顔になり、じっと目を見つめてくる。

「……私と白沢先生、どっちとキスした回数が多いかしら？」

「さ、さあ。数えてないからわかんねえよ。てか、せっかくふたりきりなんだから琥珀の話題を出すのはやめようぜ」

せっかくのふたり暮らし。せっかくの二股《ふたまた》作戦なんだ。付き合っている気分を味わい、復縁《ふくえん》の判断材料にしたい。

朱里としても、いまは俺のことだけを考えていたいのか、そうね、と素直《すなお》にうなずいてくれた。

「ふたりきりで食事をするの、ひさしぶりね。私が食べさせてもいいかしら？」

「もちろんだ。朱里にあーんされるの、ひさしぶりだな」

「透真はあーんされるのが好きだものね。真白さんがおかゆを食べさせていたとき、手を

出そうかと悩《なや》んだわ」

「踏みとどまってくれて助かったぜ」

いきなり布団《ふとん》から手が出てきたら真白さんはパニックだ。おかゆをぶちまけ、びっくりして琥珀が飛び出していただろう。

そうなることはわかりきってるし、朱里も冗談《じょうだん》で言ってるんだろうけどさ。

「なにか手伝えることはないかしら？」

「カレーが焦《こ》げないようにかき混ぜててくれ」

「私にできるかしら……」

「これくらいなら朱里にもできるって」

俺が鼓舞《こぶ》すると、朱里は不安そうにしつつもうなずいた。

「頑張《がんば》ってみるわ」

「ありがと。朱里がかき混ぜてくれたカレーを食うのが楽しみだぜ。んじゃ、俺は朱里の家に行ってくるから」

「まだ回収してなかったの？」

「まあな。夕方に行けば真白さんに見られるかもしれないだろ」

一〇分ほど前に琥珀が帰ってくる音がしたし、いまごろふたり仲良く料理しているはず。

いまなら安心して朱里の家に出入りできる。

「いってらっしゃいのキスをしたいわ……んっ」

唇《くちびる》を触《ふ》れ合わせるだけのキスをすると、空のバッグを手に朱里の家へと向かう。カギを開けて家に入ると、地獄絵図《じごくえず》がお出迎《でむか》え。

相変わらず散らかってるな……。こりゃ土曜は骨が折れそうだ。

雑に積み重ねられたダンボール箱を避《よ》けながら寝室《しんしつ》に入り、クローゼットから仕事着を二着回収する。あとは下着だけだが……

「下着は……ここか？」

ビンゴ。タンスの左上にある小さな引き出しに、いろとりどりのパンツとブラジャーが収納されていた。

エロい下着も交ざってそうだが……ひとつひとつを確かめるといけないことをしている気分になってしまうので、ごっそり掴《つか》んでバッグに詰《つ》めこむ。

それから玄関ドアを少し開け、念のため白沢姉妹がいないことを確認すると家に帰った。

「おかえりなさいのキスをしたいわ……んむっ」

軽めのキスをして、バッグを掲《かか》げて見せる。

「回収してきたぞ。シワにならないように仕事着をハンガーにかけといてくれ」

「助かったわ。カレーは任せていいかしら?」

「おう。ついでに着替えてこいよ。仕事着にカレーがついたら落とすの面倒《めんどう》だからさ」

わかったわ、とうなずき、朱里はその場で服を脱《ぬ》ぐ。

「脱衣所で脱ごうぜ⁉」

「透真に見てほしいわ」

「いまカレーをかき混ぜてんだからさ。こんなところで脱がれたら、朱里に集中しちゃうだろ」

「私の着替えに興味津々《きょうみしんしん》なのね……」

「当たり前だろ。朱里のことが大好きなんだから。そんな大好きな朱里に美味いカレーを食わせたくて、一生懸命《いっしょうけんめい》に作ったんだ。いまだけは料理に集中させてくれ」

「私はカレーを食べるから、透真は私を食べてほしいわ……。これはえっちしたいという意味よ」

念のため補足する朱里だが、言われなくてもわかっている。

「えっちはしないから」

「だったら、せめて一緒に寝たいわ……」

「まあ、寝るだけならな」

「寝るのが楽しみだわ……」

朱里は待ち遠しそうにしている。てっきり風呂《ふろ》にも誘われると思っていたが……なにも言われなかった。こないだ俺が体調を崩《くず》したのを気にしているみたいだ。

「復縁したら、毎日一緒に風呂に入ろうな」

罪悪感を抱かせたままにはしておけないのでフォローすると、朱里は嬉《うれ》しげにうなずき、バッグを持ってリビングをあとにする。

それからカレーを盛りつけ、ジャージに着替えてきた朱里といただく。

食べさせたり、食べさせてもらったりしつつ完食すると、一緒に片づけをして、朱里に風呂に入ってもらい、俺は宿題に取りかかる。

古典の問題集を解き、数学のプリントに苦戦していると、朱里が部屋に来た。

湯上がり姿の朱里からは、めっちゃ良い匂いがする。同じシャンプーとボディソープを使っているはずなのに、俺とこうも違うかね。

「上がったわ」

「おう。勉強が終わったら入るよ」

「勉強が終わるまで、透真の近くにいてもいい？」

甘《あま》えるような声で言われ、もちろんんだ、と返答。朱里はベッドに腰かけて、幸せそうに俺を見つめる。

「……退屈《たいくつ》じゃないか？」

「そんなことないわ。私、とても幸せよ。こうしていると付き合っていた頃のことを思い出すもの」

「朱里の家で宿題したこともあったな」

「透真が問題を一問解くごとに、ご褒美《ほうび》として服を一枚脱いでいったのよね」

「そんなこともあったな」

「またしてみたい？」

「したくないと言えば嘘になるが、いまはやめとくよ。勉強に集中できなくなるし」

「保健体育の勉強になるわ。透真のお願いだったら、実技の勉強にも付き合うわよ。……これはえっちしたいという意味よ」

「補足しなくてもわかってるって。どっちにしろ、いまは数学に集中するから」

朱里はちょっぴり残念そうにため息を吐き、

「勉強はいつごろ終わるの？」

「あと三〇分もあれば宿題は終わるけど、そのあと一時間くらい試験勉強するぞ」

「もうするの？　期末試験はまだ先よ」

「ああ。だけどいまから勉強しとかないと赤点になるかもしれないからさ」

真白さんと勉強したいところだが、もう彼女の時間を奪《うば》いたくない。受験生なんだから自分の勉強に集中させないとだし、校長の目もあるからな。

「透真がテストで良い点を取れるように応援《おうえん》するわ」

「ありがと。俺、頑張るよ」

朱里に見つめられるなか、数学のプリントを終わらせると、試験勉強を開始する。頭を悩ませつつ数学の復習をして——

気づけば二三時を過ぎていた。

一時間のつもりが、がっつり勉強しちまったな。

「風呂入るから、先に寝てていいぞ」

「添《そ》い寝してほしいから起きてるわ。私のことは気にせず、ゆっくり入ってきていいわよ。それと……」

「いってらっしゃいのキスだろ?」

ちゅっ、とキスをして、着替えを手にして部屋を出る。ささっと風呂を済ませて寝室に戻《もど》ると、朱里はベッドで仰向《あおむ》けになっていた。

……下着姿で。

百歩譲《ゆず》って下着姿なのはわかる。エアコン切れてるし、蒸《む》し暑《あつ》いもんな。

けどさ、なんでブラジャーもパンツも大事なところがぱっくり開いてるんだよ！

「おやすみのキスをしてほしいわ」

「その前に普通《ふつう》の下着に着替えてくれ」

セクシー下着姿の朱里とキスしたんじゃ理性が吹っ飛んじまうよ。

「普通の下着はないわ。透真が持ってきた下着は、全部えっちな下着だったもの」

「ぜ、全部？　引き出しに入ってたのを丸ごと持ってきたんだが……朱里、普通の下着は持ってないのか？」

「持ってるわ。ただ、左上の引き出しにはえっちな下着しか入ってないのよ」

あれエロ下着コーナーだったのかよ……。

「いまから取りに行ってくる！」

「このままでいいわ」

「このままでいいって……そんな下着穿《は》いて仕事する気かよ……」

「ズボンだからバレっこないわ」

「朱里がそれでいいならいいんだが……とにかく寝る前にジャージを着てくれ。暑いならエアコンつけるから」

ベッドの脚《あし》もとに落ちていたジャージを朱里に渡し、机の上のリモコンに手を伸《の》ばすと、朱里が待ったをかけてきた。

「ジャージを着る前に、えっちなキスがしたいわ……」

「ああ、してやるよ」

「……おっぱいにもしてくれる？」

「わかった。するよ」

「……ぎゅってハグしてくれる？」

「ああ、ハグもするよ」

「……透真も裸になってくれる？」

「ああ、俺も……裸にだと？　なんで俺が？」

甘え声でおねだりしたらなんでも言うこと聞いてもらえると思うなよ！　可愛《かわい》い朱里のお願いならなんでも聞いてやりたいけど、裸にはなれないからな！

「透真の体温を感じながらキスしたいの。……だめかしら？」

くそっ。潤《うる》んだ瞳《ひとみ》で見やがって！

「……一度だけって、約束するか？」

「約束するわ」

「明日からは普通の下着を穿くって約束するか？」

「約束するわ」

「……わかった。なら脱ぐよ」

頼《たの》むぞ理性！　本能に屈《くっ》しないでくれよ！

頬《ほお》を叩《たた》いて活を入れ、俺は素っ裸になった。

朱里がうっすらと頬を染め、俺の股間《こかん》を見つめてくる。

「嬉しいわ……えっちな気分になってくれてるのね」

「当たり前だろ。ほら、キスするから座《すわ》れよ」

「このまましてほしいわ……」

ベッドに寝そべったまま、俺に手を伸ばしてくる。

しょうがないな……。エロ下着姿の元カノに覆《おお》いかぶさり、ちゅっと胸の先端《せんたん》にキスをして、唇に軽く自分のそれを触れさせた。

これで条件はクリアだ！

理性が吹き飛ぶ前にミッションをやり遂げ、立ち上がろうとしたものの、朱里に両脚でがっしり腰をロックされた。

だいしゅきな相手にしかできないホールドスタイルだ。

「お、おい、なにしてんだよっ!」

「透真の、すごく熱いわ……ヤケドしちゃいそう……」

「だったらロックを解いてくれ! やることとやったのに約束が違《ちが》うだろっ!」

「さっきのは事務的なキスに感じたわ。もっとえっちなキスをしてほしいわ……」

切なげに俺を見つめ、腰をぐりぐり動かしながら、ブラジャーのフロントホックを外す。

くそっ。誘惑《ゆうわく》しやがって! こんなの我慢《がまん》できるわけないだろ!

「んむっ!?」

思いきり唇を押しつけ、口腔《こうこう》に舌を入れる。ねっとりとした舌に自分のそれを絡《から》めて、貪《むさぼ》るようにキスをする。

息継《いきつ》ぎのため唇を離《はな》すと、朱里は早くも顔をとろけさせていた。

だらしなく唾液《だえき》の垂れた唇に唇を重ね、濃厚《のうこう》なキスをする。

「んっ……ちゅぱっ、ちゅっ……んふっ」

ディープキスを愉しみ、ふるふると揺《ゆ》れる乳房《ちぶさ》の先端にキスをした。

ちゅ、ちゅ、と軽くついばみ、硬《かた》く尖《とが》った突起《とっき》に吸いつく。甘酸《あまず》っぱい味を感じながら、舌先で乳首《ちくび》を転がしつつ、もう一方の手で巨乳を揉《も》みしだく。

「ひゃん! そ、それ……す、すごく、いいわ……!」

「二度と今日みたいな無茶《むちゃ》ぶりしないように、徹底的《てっていてき》に満足させてやるからな」

「う、うん。いっぱい満足させて……んっ」

すっかりふやけた唇に口づけをして、舌と舌とを絡めつつ、おっぱいを弄《いじ》くりまわす。お互《たが》い汗だくになり、朱里の甘い体臭《たいしゅう》が鼻腔《びこう》をくすぐって、身体の奥《おく》から熱くなってきた。

そろそろ終わらせないと本格的に理性が死ぬ。汗まみれの巨乳に唇を押しつけ、乳首をカリッと甘噛《あまが》みしてやると――

「あっ、あぁ――んッ！」

鋭《するど》い嬌声《きょうせい》を上げ、朱里が腰を痙攣《けいれん》させた。全身から力が抜《ぬ》けたようにぐったりし、息を荒《あら》らげながら、愛おしげに見つめてくる。

「はぁ……はぁ……すごかったわ……」

「も、もう満足してくれたよな……？」

「いっぱいキスしてくれて嬉しいわ……だ、だけど……疲れて動けないわ……」

「俺《おれ》もだ……」

「今日は服を着ずに、このまま寝《ね》たいわ……」

「だな……」

お互いにへとへとで、動く気力が湧《わ》いてこない。

そうして俺は全裸《ぜんら》で、朱里は半裸《はんら》で眠《ねむ》りにつき――……

◆

そして翌朝。昨夜頑張りすぎたことを軽く後悔《こうかい》しつつも目覚めた俺は、いそいそと服を着てから朝食の準備に取りかかる。

ウィンナーと目玉焼きを用意し、皿に盛りつけたところで朱里が起きてきた。えっちな下着姿のままだ。

「おはよう透真。昨日はすごかったわっ」

「あ、ああ。どういたしまして。だけどあれは昨日限定だからな」

「ええ。昨日のプレイで満足できたわっ。えっちしてるみたいだったもの」

朱里ははつらつとしている。ここ最近で一番上機嫌《じょうきげん》だ。明るく声を弾《はず》ませ、顔を洗いに洗面所へ向かう。そしてパンツスーツ姿で戻ると朝飯を食べ、一緒に後片づけをする。

それから身支度《みじたく》を整え、いざ登校。まず俺が家を出て、誰もいないことを確かめてから朱里を外に出した。

「今日も雨ね。透真さえよければ送るわよ」

「ありがと。気持ちだけ受け取っておくよ」

などと話しながらカギを閉め、エレベーターへ向かう。すると独りでにエレベーターが上がってきて――

「あら、今日はふたり一緒なのね」

真白さんが出てきた！

「あ、ああ！　外に出たら赤峰《あかみね》先生がちょうど家の前を通り過ぎるところでな！」

「いつもより遅《おそ》めに家を出たら、彼《かれ》と鉢合《はちあ》わせたのよ。ところで、風邪《かぜ》でも引いたの？」

朱里が話題を逸《そ》らした。

怪《あや》しまれないように話題を変えたのではなく、本当に心配している様子だ。事実、真白さんは顔色が悪かった。

「夏風邪か？」

「ううん。風邪じゃないわ。昨日はあまり眠れなくて……」

「も、もしかして、夜中に変な声が聞こえてきたとか!?」

「声？　ううん、聞こえなかったけど……なにか聞こえたの？」

「べ、べつに！　聞いてみただけ！」

よかった。とりあえず朱里のエロい声は壁《かべ》を貫通《かんつう》してないみたいだ。

しかし一安心できたものの、真白さんの具合が悪そうなので素直には喜べない。

夏風邪ではないとなると……

「また校長先生から電話が？」

真白さんは、憂鬱《ゆううつ》そうにうなずいた。

「本当にお姉ちゃんの家にいるのかっていう確認のメッセージと、電話があったわ……。しつこいくらいにね」

「そっか……。校長先生、真白さんが家出した理由がわかってないんだな」

「ううん。わかってるのにやってるのよ……あのひとの過干渉《かかんしょう》っぷりは筋金入りだから、ちょっとやそっとじゃ干渉をやめないわ。やめるどころか悪化したくらいよ……」

家出されようと自重はしないってわけか。むしろ目の届かないところに行かれたことで、逆に心配されてしまい、干渉っぷりが増してしまったわけだ。

「一度電話に出たらなにか変わるんじゃないか？」

「それはできないわよ。調子に乗って電話が増えるのは目に見えてるもの」

「だったら、きっぱり『電話しないで』って言うのはどうだ？」

「何度も言ったわ。なのに出かけるたびに電話をかけてくるの。あたしの声を聞かないと心配なんですって」

「だから無視してるわけか」

「ええ。少しは反省するかと期待したのに、ちっとも改善しなかったわ。語尾《ごび》に『真白のことが心配なんだ』をつければなにを言っても許されると思ってるのよ」

校長は娘《むすめ》を溺愛《できあい》してるからなぁ。

俺にもし娘がいれば同じように干渉するかもしれないし、高校生の娘がいきなり金髪《きんぱつ》に染めたら心配性《しんぱいしょう》に火がつくかもしれない。

「ま、あたしはいいわ。鬱陶しいけど、お父さんのあしらい方には慣れてるもの。だけどお姉ちゃんは優《やさ》しいから、お父さんの電話に毎回出ちゃうのよ……」

俺とのデート中にも律儀《りちぎ》に電話に出るくらいだからな。嫌気《いやけ》が差しつつも、電話を無視するのは悪いと思っているのだろう。

「ほんと、お姉ちゃんに申し訳ないわ……」

「なんで真白さんが気に病《や》むんだ？」

「最近までお姉ちゃんはのびのび過ごせてたのに、あたしのせいで、またウザ絡みされるようになったからよ」

「真白さんのせい？」

「ええ……手作りクッキーのときも、プールのときも、家庭教師のときも、今回の家出も……お姉ちゃんを言い訳に使ったせいで、また昔みたいにお姉ちゃんがお父さんの相手をすることになっちゃったのよ……」

なるほどね。

俺が思うに、真白さんが金髪に染めたのは校長の注意を引くためだ。

結果として琥珀は以前のような過干渉を回避《かいひ》できたが、真白さんが俺と遊ぶようになり、琥珀を言い訳に使い始めたことで、琥珀が再び標的になってしまった。

つまり、琥珀に迷惑《めいわく》をかけてしまったことで自分を責めつつも、校長の相手をするのは疲《つか》れるので、精神的に参ってしまったというわけだ。

「っと、そうだ。ごめん。お姉ちゃんを待たせてるから急がないと」

忘れ物を取りに戻ってきたらしい。真白さんは五〇三号室に駆《か》けこんでいった。

「このままにはしておけないわね……」

「校長と真白さんを仲直りさせるってことか？　それは難しいんじゃ……」

そもそも仲直りしたところで、校長の干渉がなくなるわけじゃないしな。

「仲直りさせる必要はないけれど、過干渉をやめさせないと真白さんはストレスで体調を崩してしまうわ」

さすがに真白さんが体調を崩したら干渉を控《ひか》えてくれるだろうけど……しばらくしたら、

また干渉を再開しそうだ。

なにより真白さんが体調を崩すまで指をくわえて見ていることはできない。

友達が困ってるんだ。だったら助けにならないと！　こういうときに見捨てるようじゃ友達とは言えないしな。

問題はどうやって助けるかだが……

「ふたりとも待っててくれたの？」

と、真白さんが出てきた。

「せっかくだから一階まで一緒に行こうと思ってさ。ちなみになにを忘れたんだ？」

「カバンよ」

「デカい忘れ物だな……」

「ぼーっとしてて、忘れちゃったのよ」

それだけ精神的に参ってるわけか。

こりゃ急いでなんとかしないとな！

そう決意した日の夕方。

家に帰りついた俺は、琥珀にメッセージを送信した。

【真白さんのことで大事な話がある。マンションの駐車場《ちゆうしやじよう》に着いたら電話してくれ】

三〇分ほどして、スマホが鳴る。琥珀からの着信だ。

『もしもし透真くん？　駐車場に着いたよ』

「おかえり。疲れてるところ悪いな。真白さんのことで話があるんだ」

俺は今朝真白さんから聞いた話を伝え、学校でも元気がなかった話をする。

『真白ちゃん、学校でも元気ないんだね』

「ああ。明るく振《ふ》る舞《ま》ってはいるけど、やっぱり元気がないし、授業中にため息吐いてるからな……」

「ただいま透真」

「おかえり。そんなわけだから真白さんの力になりたいんだ」

『わたしもなんとかしてあげたいけど……その前に、ひとつ訊《き》いていい？』

「なんだ？」

『いま赤峰先生の声がしたんだけど……しかも「ただいま」って、まるで一緒《いつしよ》に住んでるみたいだったんだけど……』

「朱里の部屋に虫が出て、土曜日まで一緒に住むことになったんだ」

『へ、へえ、そうなんだ。赤峰先生、抜け駆《が》けの達人だね。えっちなことはしてないよね……？』

「そ、その話はいま関係ないだろっ。それより真白さんの話だ！　いいな？」

『う、うん。だけど真白ちゃんの件が解決したら、なにをしたのか正直に話してね？』

「琥珀が同じことをしたがらないと約束するならな」

『そ、その言い方……ものすごくえっちなことをしたんだね？』

「ものすごくえっちかどうかは捉《とら》え方《かた》にもよるが……」

『ぜったいえっちだよ！　だって回りくどい言い方だもん！　赤峰先生ばっかり特別扱《とくべつあつか》いしてズルいよ……』

「わ、悪かったよ！　琥珀とも今度するから！　だから悲しまないでくれ……！」

『約束してくれる……？』

「あ、ああ。ふたりきりになったら同じことをするって約束するから」

『うんっ。ぜったいだからねっ』

よかった。機嫌をなおしてくれた……。朱里が『ぜったいにふたりきりにはさせない』みたいな顔をしてるけど、そっちの心配はあとまわしだ。

「話を戻すが、真白さんをなんとかしてあげたいんだ。そのためには、校長先生の干渉をやめさせないといけないんだが……」

『そうだね。だからわたしがお父さんの相手をしてたんだけど……そのせいで真白ちゃん、自分を責めちゃってるんだよね？』

「真白さんは琥珀のことが大好きだからな。琥珀に迷惑をかけたくないんだよ」

『わたしも大好きだよ。真白ちゃんが楽しく過ごせるなら、干渉くらい我慢できるよ』

「けど、真白さんは気にするからな……」

琥珀に気を遣《つか》われていると思い、よけいに自分を責めるだろう。

問題を根本から解決するには、やはり校長をなんとかするしかない。

だったら――

「琥珀に頼みがある。俺を自宅に連れてってくれ」

『自宅にって……まさかお父さんに直談判《じかだんぱん》するの？』

「ああ。いくらなんでも娘に干渉しすぎだってはっきり言ってやる。問題行動を起こしてしまった俺の目から見ても常軌《じょうき》を逸《いっ》してるってな」

『お父さん、ものすごく怒《おこ》るかもよ……？』

「だとしてもだ。友達が参っちまってるのに、黙《だま》って見過ごせないだろ」

『だ、だったらわたしも言うよ。お父さんに、干渉するのやめてって』

「いや、あくまで友達として物申しに来たってことにしたいんだ。気持ちは嬉しいけど、琥珀が一緒だと俺たちの関係を勘《かん》ぐられちまうよ」

『わたしは運転だけってこと……？』

「そうだ。真白さんには知られたくないから、残業で遅くなるってことにしといてくれ」

『う、うん。わかった。なんだか今日の透真くん、ものすごくカッコイイね……ますます好きになっちゃった。あとでキスしていい？』

「おう。んじゃ、いまからそっちに行くよ」

そうして通話を切り、朱里にいってきますのキスをすると、俺は琥珀の待つ駐車場へと向かうのだった。

◆

どしゃ降りのなか、俺は琥珀の実家にたどりついた。家の前に駐車《ちゅうしゃ》してもらい、雨水が滴《したた》る窓の向こうへ目をやると、一軒家《いっけんや》が佇《たたず》んでいる。

ごく普通の家だが、校長が住んでいるのだと思うと禍々《まがまが》しさを感じるぜ。

いよいよ校長に直談判か……。真白さんを助けるにはもう直談判するしかないとはいえ、やっぱ怖《こわ》いな……。

「ほんとにひとりで平気？」

俺の不安を察してか、琥珀が気遣《きづか》わしげに言う。

「だいじょうぶだって、平和的に話し合うだけだから。無事に終わったら連絡《れんらく》するから、琥珀はどこか適当なところで時間を潰《つぶ》しててくれ」

真白さんを助けるという共通の目的のためとはいえ、生徒と教師がプライベートで交流していることが知られたら、校長に『ふたりは特別な関係なのでは？』と疑いの眼差《まなざ》しを向けられる。そうなりゃ琥珀が干渉《かんしょう》されることになるため、ここへはひとりで来たことにしなければならないのだ。

「近くのスーパーで買い物して待ってるね」

「ああ。ついでにゴミ袋《ぶくろ》と軍手も頼む。朱里の家を掃除《そうじ》しなきゃならないからな」

「赤峰先生、ゴミ袋すら持ってないの？」

「さすがに持ってるだろうが、あのゴミの量じゃ足りなそうだし、軍手はどこにあるかわからないんだとさ。頼めるか？」

「うん。早く赤峰先生の部屋を綺麗《きれい》にしてほしいもん。じゃないとずっとふたり暮らしになっちゃうからね。掃除をするときはわたしも手伝うよ」

俺と朱里がふたりきりになるのを阻止《そし》するためか、純粋《じゅんすい》に俺の力になりたいからか——。

どっちにしろ、掃除上手な琥珀が手伝ってくれると非常に助かる。

ありがとな、と礼を告げ、俺は雨の降る外へ出た。傘《かさ》を差し、琥珀を見送り、いよいよインターホンを押《お》す。

『はい、どちら様でしょう?』

と、女性の声が返ってきた。琥珀たちのお母さんだろう。優しげな声に、ちょっとだけ緊張感《きんちょうかん》が緩和《かんわ》する。

「あの、真白さんのクラスメイトの虹野と言います。校長先生に折り入ってお話ししたいことがありまして……いまご在宅ですか?」

『主人はお風呂《ふろ》に入ってます』

「わかりました。ではしばらくここで待たせてもらいます」

『上がっていいですよ。主人は長風呂ですから』

「あ、ありがとうございます」

インターホン越《ご》しに頭を下げる。

間もなくして玄関《げんかん》ドアが開き、いかにも穏《おだ》やかそうな女性が姿を見せた。

真白さんが慕《した》うのもわかる、ほんわかとした女性だ。

「どうぞ上がって」

「お、お邪魔《じゃま》します……」

どきどきしつつ家に上がらせてもらい、リビングに案内される。ソファに腰《こし》かけると、おばさんはにこやかに俺を見つめ、

「コーヒーと紅茶、どっちがいいかしら？」

「あ、いえ、お構いなく……」

「遠慮《えんりょ》しなくていいのよ。緊張で喉《のど》がカラカラでしょう？」

「す、すみません。では紅茶を……」

紅茶ね、とほほ笑《え》み、リビングを出ていく。

ややあって、ティーカップを手に戻ってきた。テーブルに置かれた紅茶を飲むと、少しリラックスできた。

「そろそろ上がると思うから、もう少しだけ待っててね」

そう言って、おばさんが部屋を出る。

校長先生を呼びに行ったのかも……。入浴タイムを邪魔され、イライラさせてしまうのでは……。

不安で胸がいっぱいだ。気を紛《まぎ》らわせるべく紅茶を飲み……ふと家族写真が目に入った。

壁には園児が描《か》いたような似顔絵が飾《かざ》られ、クレヨンででかでかと『パパだいすき！』と

書いてある。

色あせてるのが琥珀の作品かな？　ふたりとも当時は校長先生のことが大好きだったんだろうな。可愛い娘からこんなふうに慕われたら、過干渉になってしまうのも無理ないのかも——

どす、どす、どす、と。

ふいに足音が聞こえ、再び緊張感がこみ上げる。そして勢いよくドアが開き、

「なんの用だね？」

校長が姿を見せた。

着流し姿だ。めっちゃ怖い……。

けど、怖がってる場合じゃないわな！

俺は立ち上がり、深く頭を下げる。

「このたびは突然《とつぜん》来てしまってすみません！　校長先生にどうしてもお話ししたいことがありまして！」

「夜に大声を出すんじゃない。近所迷惑だろう」

「す、すみません……」

「いいからまずは座りなさい」

「は、はい、失礼します……」

ソファに腰かけた俺の顔を、校長がぎらついた目で見つめてくる。

「それで、大事な話というのはなにかね？」

「は、はい、そのですね……。お話ししたいことというのは、真白さんの件なんですけど――」

「真白だと？　いま私の娘を下の名で呼んだか？」

やべっ。親しくしてることがバレちまった！

い、いやでも、今回は友達として訴《うった》えに来たんだ。だったら親しいほうが説得力が出るよな！

「は、はい！　真白さんとは仲良くさせてもらってまして……」

「ほう。具体的にどう『仲良く』しているのか聞かせてもらおうか」

目が怖い！

眉間《みけん》にしわが寄ってる！

固く握《にぎ》りしめた拳《こぶし》がプルプル震《ふる》えてる！

全身で怒《いか》りを表現してるよ！

校長室で会ったときの比じゃない威圧《いあつ》感だ……。

だけど臆《おく》するな俺！　友達を助けるって決めたんだろ！　堂々と思いをぶちまけろ！

校長の目を真っ向から見つめ返し、俺は思いの丈《たけ》をぶつけた。

「真白さんの友達としてお願いがあります！　真白さんへの過干渉をやめてください！」

するとと校長は——意外にも怒鳴《どな》りはしなかった。目つきは怖いままだが、いまにも殴《なぐ》りかかってきそうな感じはしない。

「真白から私の愚痴《ぐち》を聞かされたのだな？」

「愚痴というか、悩《なや》みを聞いたというか……とにかく、真白さんが困っていることだけは伝わりました。このままだと体調を崩すと思って……だから校長先生に頼みに来たんです。真白さんを大事に思う気持ちはわかりますけど、過干渉はどうか控えてください！」

心からお願いすると、そうか……、と重くため息を吐《つ》き、

「私もな、真白には悪いと思っているのだ。父親にあれこれ口を出されるのは息が詰《つ》まるだろうからな」

「だ、だったら——」

過干渉をやめてくれるんですか、と言う前に、しかし、と校長が話を遮《さえぎ》る。

「これは真白のためなのだ。真白は受験生なのだからな。……きみ、恋愛《れんあい》の経験は？」

「ありません！」

琥珀との関係だけは知られるわけにはいかない！

全力で否定すると、そうか、と校長は続ける。

「では恋愛に興味はあるかね？」

「ま、まあ、興味なら……でも、興味くらいなら誰《だれ》でもあるんじゃ……」

「うむ。恋愛に興味を持つ気持ちは理解できる。だが、学生の本分は勉強だ。恋愛すれば気分の浮《う》き沈《しず》みが激しくなり、勉強に身が入らなくなってしまう」

校長先生の言いたいことはわかる。琥珀と付き合ってた頃《ころ》も、朱里と付き合ってた頃も、勉強なんて二の次三の次だったから。

授業にも集中できず、一日中『次はどこでデートしよう』だの『次はなにをプレゼントしよう』だのと考えていた。

とはいえ。

「真白さんは誰とも付き合ってませんよ」

交際すらしていないのに連日私生活に口を出すのは、やりすぎと言わざるを得ない。

「私もきみの言う通りだと信じたいが……少なくとも、真白には好意を抱《いだ》いている相手がいる。そして失恋《しつれん》すれば、勉強どころではなくなってしまうのだ。大事な時期に恋《こい》をして、失恋したことで成績ががくっと下がった生徒を、私はこれまでに何人も見てきたのでな」

真白にはそうなってほしくないのだ、と校長は心底心配そうに言う。

校長は真白さんを溺愛してるんだ。真白さんの将来のことを考えて、勉強に集中できる環境《かんきょう》を作ってあげたいと思っているのだろう。

俺だって、真白さんには希望する進路に進んでほしいと思っている。

だからこそ、言わねばならない。

「このまま干渉を続ければ、真白さんと仲直りできません。校長先生と喧嘩《けんか》したままだとストレスになって、勉強に集中できないんじゃないでしょうか」

「わかっている。私だって真白のストレスになるようなことはしたくない。だが、本当に真白のことが心配なのだ」

悩ましげな顔をして、憂鬱そうにため息を吐き、

「せめて真白の好きな相手の素性《すじょう》がわかれば安心できるのだが……誰にクッキーを焼いたのか、誰とプールに行ったのか、真白は本当のことを教えてくれないのだ……」

校長は真白さんに好きな相手がいる前提で話を進めている。相手の素性がわかれば安心できると、はっきり口にしてくれた。

以前、校長室で刀を見せつけられたのだ。できることなら隠《かく》し通したいと思っていたが……現状を打破にするには、打ち明けるしかない。

「……俺なんです」

校長が、ぴくっと眉《まゆ》を動かした。

「……なにがだね？」

「真白さんがクッキーを焼いた相手も、プールに行った相手も、俺なんですよ」

校長が立ち上がった！　ぎろりと睨《にら》みつけてくる！

「き、ききッ、貴様が！　貴様が真白の恋人《こいびと》だったのか⁉」

「とっ、友達！　ただの友達です！　手を繋《つな》いだことすらありません！」

血走った眼《め》で俺を睨みつけ、いまにも飛びかからんとする校長に必死に訴えかける。

校長はソファに座りつつも、怒りゲージはマックス間近。ぎりぎりと歯を食いしばり、指が食いこむほど強く肘掛《ひじか》けを握っている。

「……それだけか？」

「な、なにがです？」

「クッキーとプール以外に、なにかしていないか？」

「……自宅で勉強を教えてもらいました。あと、放課後一緒にカラオケで遊んだりもしています。この前体調を崩《くず》したときは、家にお見舞《みま》いに来てくれました」

校長はそうか、そうか、と繰《く》り返して――

「……貴様、真白のことは好きか？」

「友人として好きです」

きっぱり告げた、次の瞬間《しゅんかん》――

「キサマアアアアアアアアア！　キエエエエエエエエエエエエエエエッ！」

ついに校長が飛びかかってきた！

テーブルを飛び越え、俺の胸《むな》ぐらを掴《つか》み、ゆっさゆっさと揺さぶってくる！

「真白のどこが不満だ⁉　異性として好きにならんか！　真白を失恋させる気か⁉」

「お、おお、落ち着いてください！　さっき真白さんに恋愛はさせられないって言ってたじゃないですかッ！　む、矛盾《むじゅん》してますよ！」

「真白が貴様のことを好きだとわかったからには矛盾などしない！　貴様が真白を好きにならねば真白が失恋するだろうが！」

「ご、誤解してますよ！　真白さんは俺のことをそういう目で見てないですって！」

「見てようが見てまいが真白が告白するとしたら貴様しかいないだろうがッ！　それとも真白には貴様以外にも仲良くしている男がいるのか⁉」

「い、いえ、いないようですけど――」

「ならば真白の未来の告白相手は貴様で確定だ！　いますぐ真白を好きになれ！　異性と

して意識しろ！」

「ちょ、ちょっと待っ……と、とにかく落ち着いて――」

「落ち着きなさい、あなた」

ふいに現れたおばさんが、助け船を出してくれた。さすがは琥珀の母親と言うべきか、とても穏やかな物腰《ものごし》だ。

校長は制止を聞かず、俺の胸ぐらを掴んだまま喚《わめ》き散らす。

「これが落ち着いていられるか！　真白の将来がかかっているのだぞッ！　立派な教師になるのだと、昔から勉強を頑張《がんば》っていたのに……この男に振られれば、いままでの努力が水の泡《あわ》になりかねんのだぞ！」

「いいから落ち着きなさい。いくら真白ちゃんのためでも、彼に無理やり好意を抱かせるのは教育者として間違《まちが》ってるわ」

「いまは教育者ではなく父親として――」

「いいから落ち着きなさい！」

ぴしゃりと叱《しか》られ、校長がびくっと震える。

「す、すまない……」

おばさんに圧され、校長はソファに腰かけた。

それでいいのよ、とほほ笑み、おばさんが穏やかな口調で語りかける。

「あなた、以前嬉《うれ》しそうに言ってたじゃない。虹野くんがコスモランドでふたりを助けてくれたって。ああいう男にならなら娘を任せられるって」

「だ、だから好きになってもらおうと努力しているのではないか！　可愛《かわい》い真白が傷つかないように……」

「仮に真白ちゃんが告白して、虹野くんに振られてしまったとしても。身をていして真白ちゃんを守ってくれた虹野くんが、傷つけるような断り方をするとは思えないわ」

「し、しかし……」

「しかしじゃありません！」

「ひぃっ。ご、ごめんよ……。で、でも――」

「でもじゃありません！」

「……」

再び叱られ、校長は今度こそ黙りこんでしまう。身を縮こまらせる姿は、まるで子猫《こねこ》のようだ。

……普段《ふだん》怒《おこ》らないひとほど怒ると怖いって、こういうことなんだな。俺も琥珀を怒らせないように気をつけないと。

「あなたがこれ以上脅《おど》しを続ければ、虹野くんは真白ちゃんと距離《きょり》を置くかもしれないわ。それこそ真白ちゃんを傷つけてしまうわよ」

「いえ、真白さんと距離を置く気はありません。真白さんは俺のはじめての友達ですから。これからも仲良くしたいと思ってます」

口を挟《はさ》むと、おばさんがほほ笑んだ。

「ほらね、虹野くんはとっても優しいわ。私には、虹野くんが真白ちゃんを傷つけるとは思えないわよ。あなたも同じ気持ちなんじゃない？」

おばさんに問いかけられ、校長はうつむいてしまった。

しばらく沈黙《ちんもく》が続き……

ゆっくりと顔を上げると、真剣《しんけん》な面差《おもざ》しで問いかけてきた。

「……真白を傷つけないと誓《ちか》えるか？」

「もちろん誓います、けど……」

「けど、なんだ？」

「そもそも校長先生は、俺と真白さんが付き合うことに賛成なんですか？」

校長が苦虫を嚙《か》み潰したような顔をする。

「娘が誰かと付き合うなど考えたくもないが……もし誰かと付き合う日が来るのであれば、

きみのような相手だと父親としては安心できるのは確かだ」

「俺、問題行動を起こした生徒なんですけど……」

「揉《も》め事《ごと》を起こしたのは、娘たちを守るためだろう。保身に走って娘を見捨てるような男なら、警察沙汰《けいさつざた》になってでもふたりの仲を引き裂《さ》いてやる！　……だが、きみは我《わ》が身《み》を犠牲《ぎせい》にしてでも娘たちを助けようとしてくれた。娘のために、私のもとへ直談判しに来てくれた。そんなきみだからこそ、私の代わりに娘を守ってくれると信じられるのだ」

俺を高く評価してくれた校長は、真剣そのものの顔で言う。

「いいか、虹野。真白に告白されたら、断るにしろ受け入れるにしろ、真白を傷つけないようにしろ。きみがそうすると誓ってくれるなら、私は真白への過干渉をやめると誓う」

これが嘘偽《うそいつわ》りのない本音であることは、校長とほとんど話したことのない俺でも理解ができた。

「この際だから、琥珀ちゃんへの過干渉もやめたらどう？」

話がまとまりそうになったところで、おばさんが口を挟む。

すると校長は慌《あわ》てて、ちょっぴり怯《おび》えた眼差しで意見する。

「い、いや、琥珀は引き続き私が守ってやらねば……」

「あの娘《こ》ももう社会人なんですから。あなたが守らなくても、ちゃんとやっていけるわ。

虹野くんはどう思う？」

「お、俺《おれ》ですか？　そうですね……白沢先生はしっかりした先生ですし……実を言うと、お隣《となり》さんでもあるんですよ。白沢先生の家に柄《がら》の悪いひとが近づいたら、俺が追い返すと約束します。だから、白沢先生への過干渉もやめてください。そうしてくれたら、いずれふたりのほうから校長先生に近況《きんきょう》報告をするようになると思います」

俺の説得に校長は悩ましげな顔をしていたが……

「……わかった。娘たちへの過干渉はやめると誓う」

首を縦に振り、約束してくれたのだった。

◆

マンションに帰りついた頃には二一時を過ぎていた。駐車場に車を駐《と》め、琥珀とともに五〇三号室へと向かう。

ドアを開けると、パジャマ姿の真白さんに出迎《でむか》えられた。

「おかえりお姉ちゃん。……あれ？　透真くんも一緒だったの？」

「うん。虹野くんといろいろしてて。ご飯はもう食べた？」

「もう済ませたけど……」

「じゃあご馳走《ちそう》は明日作るねっ」

明るく声を弾《はず》ませ、買い物袋《ものぶくろ》を掲《かか》げて見せる。この辺りでは見慣れないスーパーの袋を見て、真白さんは不思議そうな顔をした。

「それ、お家の近所のスーパーのよね？　お姉ちゃん、家に帰ってたの？」

「ううん。わたしは虹野くんを送っただけだよ」

「送ったって……え？　透真くん、あたしの家に行ったの？　どうして……」

「校長先生にお願いしに行ったんだ。真白さんへの過干渉をやめてくださいって」

「そ、そんなことしたの⁉」

「真白さん、元気がなかったからな。なにかせずにはいられなかったんだ」

「で、でも、どうして言ってくれなかったの？」

「真白さんに止められると思って」

「そりゃ止めるわよ。気持ちは嬉しいけど、透真くんに迷惑かけたくないもの……。ねえ、お父さんに殴られたりしなかった？」

「そんなことされてないって。ちょっと揉めたくらいで、平和的に話し合えたから。——でさ、もう心配いらないからな」

真白さんが、きょとんとする。

「心配って……？」

「過干渉される心配はなくなったって意味だ」

ますます戸惑《とまど》う真白さん。校長が『もう干渉はしない』と約束する姿が想像できないのだろう。

「ど、どうやって説得したの？　あのお父さんを……」

「友達として真剣にお願いしたんだよ。真白さんはしっかり者だから心配しなくても平気だって」

告白云々《うんぬん》の話をすれば気まずい関係になりそうなので、ざっくりとだけ伝えておく。

「あと、白沢先生への干渉もやめてくれることになったぞ」

「そ、それほんとっ？」

自分の話を聞いたとき以上に、真白さんは嬉しそうだ。俺はうなずき、

「しっかりしてる先生だから心配しなくても平気だって意見したら、もう干渉しないって約束してくれたんだ」

「そ、そう……。よかったわね、お姉ちゃん！」

「うんっ。虹野くんが頑張ってくれたおかげだよっ！」

「透真くん、本当にありがと！」

「どういたしまして。これからも困ったことがあれば俺を頼《たよ》ってくれ。友達として相談に乗るからな！」

「頼りにするわっ！　透真くんも、困ったことがあれば頼ってね！　友達としてなんとかしてあげるわ！」

「ああ。頼りにするよ」

と、返事をしたところで腹が鳴る。

「すごい音ね。透真くん、夕飯食べなかったの？」

「食べるに食べられなかったんだよ。正直、校長先生に直談判するのはめっちゃ緊張したからな。なにか食べたら緊張で吐いちまいそうだったんだ」

「そんなに緊張してたのに、勇気を出して直談判してくれたのね……本当にありがと」

「お礼はもういいって。じゃあ俺は帰るから」

「せっかくだから、ご飯食べていきなよ。わたしが作ってあげるよ！」

「いえ、先に風呂《ふろ》に入ったりしたいので……」

「だったら明日食べに来なよ。今日のお礼がしたいから」

朱里とふたりきりにしたくないのか、純粋にお礼がしたいのか――。にこやかな笑みを

浮かべ、琥珀が積極的に誘《さそ》ってくる。

「ありがとうございます。じゃあ明日、ご馳走になります」

そうして約束を交《か》わし、笑顔《えがお》の白沢姉妹に見送られ、俺は五〇二号室に帰るのだった。

《 終幕　干渉の対象 》

六月　中旬《ちゆうじゆん》の日曜日。

最近は雨が窓を叩《たた》く音に目覚めていたが、今日は違《ちが》った。窓の外からは明るい日射《ひざ》しが射し込み――

「違います。わたしです」

「いいえ、私です」

俺の両隣《りようどなり》では、元カノたちがなにやら言い争っていた。

昨日は朱里《あかり》の部屋の掃除でへとへとになり、ふたりとの添《そ》い寝《ね》を楽しむ余裕《よゆう》もないまま眠《ねむ》りについてしまったのだ。まだ疲《つか》れてるし、二度寝《にどね》を満喫《まんきつ》したいところだが……

「わたしの功績です。赤峰《あかみね》先生は関係ありません」

「いいえ、こうなったのは私の力です。白沢《しらさわ》先生は関係ありません」

耳元で言い争われたんじゃ眠ることなどできやしない。

「ふたりとも、なにを口論してるんだ？」

仲裁《ちゅうさい》に入ると、ふたりはすまなそうな顔をした。

「ごめんね、透真《とうま》くんを起こしちゃって……赤峰先生が変なことを言うから、ついムキになっちゃったの……」

「違うわ。先に変なことを言ったのは白沢先生よ。透真は私を信じてくれるわよね？」

「透真くんはわたしの味方だよね？」

「ふたりともまずは落ち着いてくれ。寝てたから経緯《けいい》がわかんねえよ。なにを言い争ってたんだ？」

「どっちが透真くんのちんちんを大きくさせたかって話だよ」

朝っぱらからなんて話をしてやがる！

せっかくひさしぶりに晴れたんだから、もっと爽《さわ》やかな話題で盛り上がろうぜ！

「透真のおちんちんが大きくなったのは、私のおっぱいに興奮したからよね？」

「違います。透真くんのちんちんが大きくなったのは、わたしのおっぱいに興奮したからです」

「これは生理現象だ。どっちの力とかじゃねえよ」

ふたりの意見を否定すると、悲しげな顔をされてしまった。

「それって、わたしにどきどきしてくれなかったってこと……？」

「透真は私の身体に飽《あ》きてしまったの……？」

「そ、そういう意味じゃないから！　ふたりとも魅力的《みりょくてき》だって！」

証拠《しょうこ》とばかりに太ももを撫《な》でてやると、ふたりは嬉しげに微笑《びしょう》した。

「好きなだけ触《さわ》っていいからね」

「服越しじゃなくて、直接肌《はだ》に触《ふ》れてほしいわ……」

「あとでな。ひとまず起きるとするよ」

上半身を起こそうとすると、ぎゅっと腕《うで》を掴まれた。

ぐにぐにと胸を押しつけながら、甘《あま》えるようにおねだりしてくる。

「もうちょっとゆっくりしようよ。ひさしぶりに透真くんと添い寝できたんだから……。それに昨日は大掃除《おおそうじ》して、へとへとになっちゃったもん」

「私も疲れたから、もうちょっと添い寝を続けたいわ」

「なぜ赤峰先生が疲れているのですか？　ほとんど見てただけじゃないですか」

「私は掃除が苦手ですので。見ているだけなのは申し訳がなく、罪悪感で胸がいっぱいになってしまったのです……。ですので、透真に添い寝で慰《なぐさ》めてほしいのです」

「わたしだって透真くんに添い寝で癒《いや》してほしいです」

「わかったわかった。今日はとことんふたりと添い寝するからさ。だから言い争いはやめようぜ」

ふたりは嬉しそうに顔を輝《かがや》かせ、俺にしがみついてきた。

そのときだ。

ふいに電子音が鳴り始めた。音の出所は机の上――俺のスマホだ。

ふたりに腕の抱擁《ほうよう》を解いてもらい、スマホを手に取る。

「誰から？」

「真白《ましろ》さんからだ。ふたりとも静かにな」

琥珀《こはく》と朱里にそう告げて、電話に出る。

「もしもし、真白さん？　どうしたんだ？」

『朝っぱらからごめんね？　透真くんと話したいことがあって。今日って時間ある？』

「あるぞ。遊びの誘いか？」

『ううん。近々模試だから、今日は夕方まで勉強するって決めてるの。また放課後にでもカラオケに行きましょ』

「カラオケって、ストレスでも溜《た》まってるのか？」

『そういうんじゃなくて、純粋に透真くんと歌いたいだけよ。……また歌ってくれる？』

「もちろんだ。楽しみにしとくよ」

『ありがとっ！　それで用件なんだけど――』

へくちっ！

と、琥珀がくしゃみした。

『……いまの音、なに？』

「え？　な、なにって、そりゃ……くしゃみだけど……」

『ずいぶん可愛いくしゃみね』

「真白さんに不快な音を聞かせたくなくてさ！　そ、それより用件って？」

動揺《どうよう》を悟《さと》られないように気をつけつつ話題を逸《そ》らすと、真白さんは特に怪《あや》しむことなくこう言った。

『今日の夕方って暇《ひま》してる？』

「あ、ああ、暇してるぞ」

『よかった。だったら、うちに来てくれない？』

「俺が、真白さんの家に……？」

『ええ。お父さんがね、透真くんとお風呂に入りたがってるのよ』

「校長が俺と入浴したがってる⁉」

なんで⁉　意味がわからないんだが⁉

『透真くん、こないだうちに来たときお父さんに言ったんじゃないの？　「いつか背中を流したいです」って』

そんなこと言うわけないだろ！　俺、マジで校長が怖《こわ》いんだからな！

こないだなんて校長に刀を持って追いかけまわされる悪夢を見たんだからな！

『もしかしてお父さん、嘘《うそ》ついてるの……？』

「い、いや、嘘はついてないよ。俺、たしかにそう言ったよ。夜中に家に乗りこんだから、お詫《わ》びをかねて背中を流したいってな」

もちろん言ってないが、校長を嘘つきにはできない。せっかく真白さんと仲直りできたのだ、校長が嫌《きら》われるような事態は避《さ》けないと。

きっと校長も、俺なら庇《かば》ってくれると考えたのだろう。直談判《じかだんぱん》したときに『校長と喧嘩したままだと真白さんは勉強に集中できない』って言ったからな。

もちろん、校長はべつに俺と入浴したいわけじゃない。俺を家に招いて真白さんの恋を応援《おうえん》するつもりなのだろう。

そしてふたりきりの入浴タイムで、真白さんとの関係に進展がないか、琥珀の家に男が入り浸《びた》ってないかを聞き出そうとしているわけだ。

つまるところ、俺は干渉の対象になってしまったわけで……。入浴は一度じゃ終わらず、これから定期的に誘われることになりそうだ。

校長先生とふたりきりで風呂に入るんだと思うと、恐怖《きょうふ》と不安で胸がいっぱいになってしまう。

だけど、まあ――

『透真くんが来るのを楽しみにしてるわねっ！　お父さんにガツンと言ってくれたお礼に、お母さんとご馳走を作ることにしたから！　ほんと、透真くんには感謝してるわっ！』

琥珀と朱里とのイチャイチャ生活に校長の干渉《かんしょう》が加わり、忙《いそが》しくて気が抜《ぬ》けない生活になりそうだけど、友達の助けになれてなによりだ。

「通話は終わった？」

「おう」

「また添い寝してくれる？」

「もちろんだ」

校長との入浴はひとまず忘れ、真白さんの手料理を待ち遠しく思いつつ、俺は大好きな元カノたちとベッドでイチャイチャするのであった。

《 あとがき 》

おひさしぶりです、猫又ぬこです。

このたびは『元カノ先生は、ちょっぴりエッチな家庭訪問できみとの愛を育みたい。』第二巻を手に取っていただき、まことにありがとうございます。

元カノ先生たちに迫られるなか、クラスメイトの真白さんも積極的に絡み始める第二巻。お楽しみいただけましたら幸いです。


さて。

小学校入学前からスイミングスクールに通ってまして泳ぐのが好きなのですが、それと同じくらい水着も好きで、デビュー作『チート剣士の海中ダンジョン攻略記』では作中の大半が水着シーンになりました。

そろそろデビュー八年目になりますが、いまだに隙あらば水着シーンをねじ込み続けています。

そして本作の作中季節は夏！

ということで水着回があります。

しかも水着イラストはモノクロ二枚にカラー一枚と大盤振る舞いです。

イラスト指定をしてくれた担当編集さんと素晴らしい水着イラストを描いてくださったカット先生に心からの感謝を……！


さてさて。

それでは謝辞を。

本作の出版にあたっては、たくさんの方にご尽力いただきました。

担当さんをはじめとするＨＪ文庫編集部の皆様。これからも頑張りますので、今後ともお付き合いのほどよろしくお願い致します。

イラストレーターのカット先生。お忙しいなか素敵なイラストを描いてくださり本当にありがとうございます。

校正様、デザイナー様、本作に関わってくださった多くの関係者の皆様。いつも本当にありがとうございます。

そしてなにより本作をご購入くださった読者の皆様に最上級の感謝を。皆様に少しでもお楽しみいただけたなら、これ以上の幸せはありません。

それでは、次巻でお会いできることを祈りつつ。

二〇二一年とても暑い日　猫又ぬこ

HJ文庫 http://www.hobbyjapan.co.jp/hjbunko/
955

元カノ先生は、ちょっぴりエッチな家庭訪問できみとの愛を育みたい。2

2021年9月1日　初版発行

著者——猫又ぬこ

発行者—松下大介
発行所—株式会社ホビージャパン

〒151-0053
東京都渋谷区代々木2-15-8
電話　03(5304)7604（編集）
　　　03(5304)9112（営業）

印刷所——大日本印刷株式会社

装丁——BELL'S／株式会社エストール

乱丁・落丁（本のページの順序の間違いや抜け落ち）は購入された店舗名を明記して
当社出版営業課までお送りください。送料は当社負担でお取り替えいたします。
但し、古書店で購入したものについてはお取り替えできません。

定価はカバーに明記してあります。

Printed in Japan

ISBN978-4-7986-2583-6　C0193

ファンレター、作品のご感想
お待ちしております

〒151-0053　東京都渋谷区代々木2-15-8
(株)ホビージャパン HJ文庫編集部 気付
猫又ぬこ 先生／カット 先生

最強魔王と没落令嬢の、幸せ一直線な新婚ファンタジー!!

嫌われ魔王が没落令嬢と恋に落ちて何が悪い！

著者／猫又ぬこ　イラスト／teffish

規格外の強さから全人類に恐れられ、孤独な日々を過ごしていた魔王アニマは、ある日突然異世界に召喚される。彼を召喚したのは女手一つで孤児院を切り盛りする没落令嬢、ルイナだった。彼女と恋に落ちたアニマはそのけなげな人柄に触れ、初めて愛する人に感謝される喜びを知る。最強魔王と没落令嬢の、幸せ一直線な新婚スローライフ！

シリーズ既刊好評発売中

嫌われ魔王が没落令嬢と恋に落ちて何が悪い！ 1〜3

最新巻　**嫌われ魔王が没落令嬢と恋に落ちて何が悪い！4**

HJ文庫毎月1日発売　発行：株式会社ホビージャパン